倡导诗意健康人生　为诗的纯粹而努力

中国诗歌
CHINESE POETRY

2019新发现诗人作品选

主 编 ○阎 志

人民文学出版社
PEOPLE'S LITERATURE PUBLISHING HOUSE

图书在版编目（CIP）数据

2019 新发现诗人作品选/张家玮等著. -北京：人民文学出版社，2019（中国诗歌/阎志主编）
ISBN 978-7-02-013957-6

Ⅰ.①2… Ⅱ.①张… Ⅲ.①诗集-中国-当代 Ⅳ.① I 227

中国版本图书馆 CIP 数据核字（2019）第 070546 号

主　　编：阎　志
责任编辑：王清平
责任校对：王清平
装帧设计：叶芹云

出版　人民文学出版社有限公司　http：//www.rw-cn.com
地址　北京市朝内大街 166 号　邮编 100705
印刷　湖北新华印务有限公司
经销　全国新华书店
开本　880 毫米×1230 毫米　1/32
印张　10
字数　180 千字
版次　2019 年 2 月北京第 1 版　2019 年 2 月第 1 次印刷
ISBN　978-7-02-013957-6
定价　39.00 元

《中国诗歌》编辑部
武汉市江岸区惠济路 3 号卓尔书店　邮编：430000
发稿编辑：刘蔚　熊曼　朱妍　李亚飞
电话：027-61882316
投稿信箱：zallsg@163.com

如有印装质量问题，请与本社图书销售中心调换。电话：010-65233595

《中国诗歌》编辑委员会

编 委
（以姓名笔画为序）

车延高	北 岛	叶延滨	田 原
吉狄马加	李少君	李 瑛	杨 克
吴思敬	邹建军	张清华	荣 荣
娜 夜	阎 志	梁 平	舒 婷
谢 冕	谢克强	雷平阳	霍俊明

主　　编：阎　志
常务副主编：谢克强
副 主 编：邹建军

目 录

马文秀的诗…………………………………………… 2
路攸宁的诗…………………………………………… 14
张家玮的诗…………………………………………… 26
葛小明的诗…………………………………………… 38
高亮的诗……………………………………………… 50
醒洱的诗……………………………………………… 62
童七的诗……………………………………………… 74
王冬的诗……………………………………………… 86
谢云霓的诗…………………………………………… 98
王威洋的诗…………………………………………… 110
刘阳的诗……………………………………………… 122
成廷杰的诗…………………………………………… 134

韩子的诗……………………………………………… 146
康承佳的诗…………………………………………… 152
陈航的诗……………………………………………… 158
江境的诗……………………………………………… 164
陈凯啦的诗…………………………………………… 168
空空的诗……………………………………………… 174
刘欣菲的诗…………………………………………… 179

付炜的诗 …………………………………………… 185
林子懿的诗 ………………………………………… 191
金格的诗 …………………………………………… 195
王长征的诗 ………………………………………… 199
羽萱的诗 …………………………………………… 206
邓可君的诗 ………………………………………… 212
李燕的诗 …………………………………………… 218
李尤台的诗 ………………………………………… 224
陌邻的诗 …………………………………………… 230
张小榛的诗 ………………………………………… 236
小苍的诗 …………………………………………… 242
谢雨新的诗 ………………………………………… 248
闫今的诗 …………………………………………… 252
叶可食的诗 ………………………………………… 256
田凌云的诗 ………………………………………… 262
应美芳的诗 ………………………………………… 268
杨泽西的诗 ………………………………………… 274
原石的诗 …………………………………………… 280
张勇敢的诗 ………………………………………… 285
赵浩的诗 …………………………………………… 291
山月的诗 …………………………………………… 297
树贤的诗 …………………………………………… 303
张彩霞的诗 ………………………………………… 309

马文秀

1993年生于青海,现居北京。2018《中国诗歌》"新发现"诗歌营学员,青海省作家协会会员,鲁迅文学院第二十八期少数民族文学创作班学员。作品散见于《青年作家》《诗潮》《诗林》《诗江南》《诗歌月刊》《绿风》《民族文学》《星星》《青海湖》《海燕》,台湾《创世纪》、美国《休斯顿诗苑》等。著有诗集《雪域回声》,长篇小说《暮歌成殇》等。获第二届全国青年文学大赛首奖、第二届河洛桂冠诗人奖、第二届骆宾王文艺奖等奖项。

马文秀的诗

祷告者

疲惫逃出体外,在夜色下咳嗽
虚脱的体型像极了孤独的孩子,一步比一步浅
此时,谁还会记起那个隐于字里行间的祷告者?
穿透手帕的血液,张牙舞爪似乎在宣告一场战争的开始
整装待发的五脏六腑开始窥探,搜寻,回望
月色下潜伏的器官比寻常更加团结,对抗这一声比一声重的
　咳嗽
似乎此时多余的殷勤能换来片刻的安心,他们任性,苦恼,
　反复试探
在祷告者的体内展开一场场激烈的讨论
仿佛要合力托起祷告者的灵魂。

祷告者窜出体外的声音
惊醒了寂寞的星空,它一睁眼便撞见了东方羞涩的红
宛若情人的脸,一眼便听到信封里未说出的情话
在秋天开始沉静,那些手掌中拂过的叶子,正在低落
一片片,不断变换姿态。就像一位祷告者
走过的路,说过的话,甚至身体躬行处微微的颤抖

像极了远在家乡的父母，为那些背井离乡的孩子祈祷，祈祷
将多余的声音遗留在梦中
不要轻易做一位祷告者，就算春天再过于缤纷
悄悄将这一刻，停放在足下。

游走在边界的城市人

游走在边界的城市人
如若，活在疯狂的梦中
连呓语中都在告诫自己
将喧闹活成慈悲。
那迷失于足下的定是
一匹野马。
撒野，狂奔，飞腾，隐秘所有的肢体动作
恰如风中的野马。
就像流浪的诗人，除了词语之外
情感几乎能构建一系列故事
孤寂是喧闹的归宿。

奋斗者的存在

一位奋斗者的存在就是民族的风景
思想延伸过的地方，气息也在

那些年黯然伤神后的无奈，也夹杂在
急促的语句中

温暖也是一个需要拥抱的词汇
它挑剔，任性，甚至蛮横
将美好汇集在一起，让它们跳起舞蹈
或者跟对面的奋斗者惺惺相惜

寻找一汪清水，映出玫瑰的妩媚
多年后他已放下尘世的纷扰
以鹰的姿态盘旋
试着用不可名状的事物
罗列一张张面孔

血液里的秘密在流淌
眼神是审视后最诚实的阐述
我在星辰下等待一个智者的回应

故事

你是一座山，没有山顶的山
攀不到的顶端，有诸多的传说

故事穿插了几个年代，将所有的缺憾
进行悬挂，拉长，延伸出众多的意象
如酒的苦涩，被我张望
而那些人正在用它，掩饰溢出身体外的苦楚

交谈间，拼凑出故事的序幕和结局
如深秋的万山红遍

高潮处再添加几笔色彩,跌宕起伏里
更显真实性

而我无法构思出她们故事中的对话
然后,写封长信给你
字迹是当时情绪浓缩物,生成的花朵状
踩着我柔弱身躯路过,从未想过寄达

巷子口,我们转身各自走
所有的心事交汇在上空
升腾,气流外,埋在心窝深处的心事
借着火红的太阳,一点点地伸展
我又一次涌动了对土地的憧憬,对生存的渴望

幻想所有美好后
闭上眼,将手举过头顶
将宁静的事物从喧嚣中抽离

迎着风声,放只鸢

翻出一捧花种,辨不清年月
埋下来历不明的种子
算是对这方荒土的交代
唱着歌浇水,滑稽得像是在进行
胎教。
光照、施肥、浇水霸占了我词汇的
风水宝地。

而我却像个小孩
路过草地上撒野的蒲公英
以为它长了翅膀,从这片草飞向那个原
让约定成为约定。
迎着风声,放只鸢
好像只有这样,逝世的亲人能到达天堂
俗世疾苦皆顺着风飘散

夜的抒情

将黑夜还给黑夜,我们在暮色下着笔
用记忆搭成桥,将未知的语言
装在厚厚的麻袋里,在风暴来临之前
抑制一场咆哮,将干净的词汇浮于地表。

风暴,席卷一场波澜
在每个梦醒之前,抓住最后的绳索
攀援而上,在昆仑山口将秘密埋葬
迎着风向口,吹散离愁别绪

极目,将每颗星星讲成神话的
牧童
端坐篝火旁,泪与烈酒成了夜的狂欢

黑夜,闭上眼睛
荒原已黯然失色,对着星空说句话
搁置,黎明前的所有喧嚣。

誓鸟

秋分，午夜的寒气惊醒了我
抬头，窗外月明处
片刻的宁静，让我更接近黎明
花香、薄雾，更能让人联想到故乡的气息
秋天是个好季节，你说你会回来
转眼已深秋，层林尽染处仅我一人
这种感觉更像是病入膏肓中
迎来一场狂欢，接着久病
后来我不说想念，不再将闲言碎语
作为到远距离的交谈
在道义与爱情中，你总将我深藏
以绝症者的身份，乘着一阵浪去了东南亚
在叙利亚难民营，悟出安拉赐予的满足感
召唤出生命底色里的活力
穿梭巷子口，碰到拿着鸡尾酒的男人
跌跌撞撞，嘴里念叨着陌生女人的名字
很近也很远，就像当年醉酒的你
我收敛所有的坏脾气
将整个秋季交给下过雨的清冷
前行，后退，将不起眼的事物隐秘
存在者的不存在事物，我试图去逃脱

梵高：艺术是善妒的情人（组诗）

致敬梵高

我的冒险，不是靠主动选择，而是被命运推动。
——梵高

悼亡、欣赏、敬畏，同样需要
仪式感。走进的阁楼
扬尘有些厚，夹板碎木
摇晃。这不是记忆中的北方茅草屋
却更像是争先恐后来陈述事实。
致敬梵高，应始于字迹
或许连他的呼吸也流于笔墨间。
静默后，翻开夹杂画稿的书信
字迹在泛黄处咧歪了嘴
那定是你琐碎时间里的倾吐
交代你眼里的色彩、足下的风光
以及隐秘的内心。
而匆忙间唯有纸笔能让你恣意的内心
坦荡。坦荡成一条着岸的激流，
加些颜料汇出整个罗纳河上的星空。
而通信只属于你的弟弟提奥
他是你离散家庭最后的支柱
也正因此，信里你调侃自己是荒野孤魂
好一个荒野孤魂，在阿尔勒的树木与花朵间

喷涌激情，如梦幻般画出机智的灿烂
从混沌走向灵知，在更为广阔的未知走向麦田农舍
忠于自然，忠于色彩。

梵高：割耳之谜

在泰晤士河畔的小村子
梵高信中的女人弹过的簧风琴
妖娆或华贵在素描中难以知晓
爱情，一场内心的较量与修行
越走越宽的路径，也最孤独
而这种孤独注定一个人走到底
梵高割下耳朵，送给漂亮的妓女拉谢尔
高更愤然离去
而他只是缩影里的一只狐狸
尖酸、刻薄、偏执、傲慢，却在颜料中慈祥无比
仰起脸，望出疲惫。
梵高说：红色、蓝色，或者更鲜艳的颜色
能装点情绪。
蜿蜒而上，不停思索
在一切可能的路径中生长
将寂静翻出波澜
足以喂饱一匹马，让它去流浪、飞奔。
画下胸腔内的风景，在骨骼间窜动。

梵高自画像

画家若想提高技巧,最快、最可靠的办法就是画人物。

——梵高

买卖艺术品的少年走进
教室,教孩子诵读、识字
此时被叫作老师的梵高
心事循环于血液
走向教堂,与各类神职人员
站成了一排。举目遥望
满载泥炭的驳船和长满鸢尾花的沼泽。
梵高的心早已沦陷在色彩的泥沼里
褪去浮华,面向镜中
以盲人的视角审视自我
试图数清每根毛发
光线通过棚子的缝隙流泻到身上
眼睛、鼻子、耳朵,轮廓清晰
此刻正如在端详米勒的《拾穗者》
苦难与淳朴藏进了颜料
灵感躲进光影,皆被他极速捕捉在画纸上
哦!英俊的男子——梵高
跋涉在体内的色彩,喷涌而至
疯狂的白羊在画纸上奔腾
陌生、惊愕,目光极速
搜寻熟悉的印记。
我来不及想象那肆意而茂密的绿意

自画像早已挂满墙。

油画《阿尔的郊野》

梵高就是一幅朴素的作品
而所有的琐事，只能堆积在信中
寄给遥远的知己，唯一的亲人——提奥
单纯、狂热、执着留在目光
望向阿尔的郊野，梵高依旧孤身一人
拖着受伤的翅膀，追逐那道色彩的光芒
在麦田上空奔跑
如离世的雁群寻找归途
调完色的画板，是波动起伏的地平线
折射出的你的过去，
包括你死后的那声枪响
我在面向麦田的位置呼喊，
翻阅你的绝命书遇见你熟悉的人
讲述你在俗世的生活。

素描《煤商咖啡馆》

光线从破碎的窗户投射进来
疲惫落在盥洗台上
抬头，镜中人零落成霜
飘散在静秋丛中
梵高以开阔广角的构图
捡起忧伤飘零的叶片
轻叹道"艺术是善妒的情人"

于淡淡薄雾里，从村庄的屋顶之上
远眺教堂的尖顶
继续挖掘：播种者、犁田者、叫卖者……
甚至那些打趣的矿工
他们走出煤矿，踩着灵魂里的一团火
走进咖啡馆，身份即是顾客
在一杯咖啡里热议时政
醉酒后，不忘画个十字虔诚
祈祷。
在煤商咖啡馆外的烟囱下
还有脾气古怪的矿工粗暴指责
被空气冲淡的烟味。
梵高接过矿工紧握的草图
以一种更清醒的、严肃的情绪
勾勒出劳作造就的身躯
在被速写的神情里绘出虔诚信仰。

路攸宁

本名潘凤妍，1996年10月生于四川万源。2018《中国诗歌》"新发现"诗歌营学员。作品散见于《诗刊》《星星》《草堂》《诗歌月刊》等。获第35届全国大学生樱花诗歌邀请赛二等奖、全国大学生第六届野草文学奖优秀奖。参加2018《星星》大学生诗歌夏令营。

路攸宁的诗

遥遥东去

沿襄渝线,火车驶出山川起伏的巴山
黄昏卷入这次远行,渐次垂下的暖黄色光芒
成为流淌和收敛的部分

列车的轻微晃动反复惊醒艰难入睡的旅客
就像这次远去,睡眠和清醒都
十分仓促而又,无需交代

相邻而坐的人相互谈论起故乡、异地、工作
和生活中无数的厌倦和流离
浅尝辄止,不作深入的叙述

车窗外,有积雪成川,有遥遥东去的风
跋涉千万里。倾注而下的夜色
映出了人间辽阔苍茫的白

谅解

雨季到来之前的毗河,还来不及涌出内心的澎湃
河岸的水草截取了初春的底色,布满了绿意
一些辽阔的风声掩入沉寂的河水之下
先于我们早些年,信口说出的志向
生活的馈赠和剥夺,抵消了大多数的悲喜
这两端的平衡,无数次地修剪着参差的枝叶
我们向时间抵押了戾气、顽固、反骨和逆鳞
群山罗列的迷阵,反复撞入年少的途中
尘粒从光线的涌动中,翻身而过
诸多莽撞都获得了谅解和宽恕
我们临河而坐,分食一份蟹黄豆花

绵绵不绝
——致钟钟

投奔远方的日子挨到了尽头。你谈及"归"
一个延迟的喻意和一场陌生的仪式
雨水和暖意指认你的南方——巴蜀之地
辽阔的成都平原布满了秋日的冷雨
木芙蓉涌向秋天,也涌向了悬空的窗口
我不会对你提及更深远的季节,和彻骨感受
薄雾四溢,滴答的雨声在夜色中破裂
我们在遥隔千里的地方,无限接近于疲倦的深夜

此后,晨光被温柔打开
你将拥来北国的温凉和仆仆风尘
从锦州南到成都东
那些途经而过的山川,都是你久别重逢的故乡

寥寥无几

小酒坊里,马爷爷还在酿造浓郁的苞谷酒
黄葛树穿过凛冽的年代,耸立在老街的边沿
小河流洗净了旧日的浑浊。人们依次衰老
在冬寒夏热的交替中,熟悉了命运的轮廓
族里的孩子已经拥有新颖的玩具
不再重复我童年时代的纸飞机游戏
大伯偶尔行径异常,众口铄金
人们指认他患上了精神病
但这偏远之地的沉疴,却无人过问
诸多逝去之物被我们遗忘。时间的筛网
终将为我们截住无数沮丧的粗粝
"往事应声恍惚",秋日迟迟
多年后,我回到这里,认领了它的破败

片段

白炽灯光截断了窗外的沉寂夜色
细小的飞蛾,扑向光的源头
窗外的虫声不绝于耳。只是那一瞬的扭动

流水从水龙头倾泻而下,像是找到了密闭
而孤独的出口。它们喧哗
在不断退后、不断逃遁的时间里
身前的镜子表露出亲水性特质
吻上了几粒飞溅的水花
体内的涌动,和隐匿的幻想
近似于夜的沦陷,近似于无物
也是在这样的时刻,她在被风吹过的洗漱台上
刷洗一双发黄的旧款小白鞋

纪念日

每一岁都在向我们奔来。低垂的黄昏
卷曲的枯叶,坠落的雨点
——呼应着我们生命的纵深
四十五年前,你还是一个幼小的婴孩。而我
不曾被你拥有
后来,你获得了一个柔软的幼婴。并且
拥有了她今生的爱、叛逃、和依赖
心脏是不会碎的,妈妈,它顽固且隐蔽
它延伸的脉络,是我重回你腹中的路径
这些年,我们互相消磨,互相深爱
仿若这满腔热忱、孤勇
是因为你的存在,也因为我的被爱
现如今,我已然宽恕了青春期残留的痘印
但是妈妈,我无法宽恕你赐予我的
人世间漫长的跋涉

就如同我无法宽恕二十二年前
伴随我的降生
竭力撕咬过你的凶兽，疼痛

失去

失去你之后，远山和时间都变得空旷
我已经不再喂养野蛮的小鹿，作为喜爱过你的佐证

日光被悬铃木切割成散乱的碎片
阴影和白斑险象环生，重新坠落下来

我剪掉了分叉的枝丫，它已经为你剔除
笃定的花朵。卷曲的枯叶咬合疼痛

来年，干枯的末端会衔来初春的嫩叶
那些新生的枝节，将不再向你延伸

炉边岁月长

我曾见过七十多岁的祖父，坐在炉火旁
一边翻弄生活的琐碎，一边细数过往
像故事里的说书人，但无需扇子和醒木
瘦弱的猫蜷缩在他的脚边
打盹。倦意朦胧，似乎一生都睡不够
公社化运动时期，他做船夫，给钢铁厂运送铁矿石

那条他曾数次往返的河流
自巴山深处涌出，蜿蜒而下
人世的苦雨，尽入腹中
后来，他做公社识字班的老师，也做木匠
几经流离，如水上飘蓬
但他最终也无力逃脱祖祖辈辈躬耕的命运
和祖母结婚之后，他回到家里
开始了余生属于一个农民的生活
很多片段他都无法清晰复述
如同丢失至珍的孩子
静坐在光阴里——怅然若失
山里雪大，轻易就覆满枝头

住在小巷

我们住在相隔不远的地方
共同分享巷子里昏黄的路灯光
我们从未打过招呼
抑或尝试用眼神交流
有时候，我们朝着相同的地方走去
一前一后。有时候，我们背向而行
我在诗里记录他的生活，或者说
——窥探他的孤独
清晨，他推着装有不同水果的小车到街口
午时回家，以清简饭食果腹，再推车到街口
夜晚，在街灯深沉行人零星时回到家里
如此反复，生命中仍旧有大片的空隙

无法被填满。我深夜归来
他在门前剥开一颗颗新摘的核桃
我匆匆走开,和往常一样
核桃与夜色坚硬,只有内心柔软

逃离

无人与你对谈,遥想数百年后肉身寄予何处?
荒山毁于无物,覆雨之间,云雾竞相空明
星河寥落,你眼底存有扑朔皎洁的光
这充斥无垠与浩瀚的时代,也因往日的顽习
滋生多余的疼痛与风湿。若干年后
凛冽的风将湖面吹皱,雨水继续重复更迭的命运
卷轴与书册洞穿隔岸的灯火,于明灭处喋喋不休
你奔跑,在游标卡尺上读出精准的记忆
那些不断在你身后追逐的呼吸声
像是跌宕起伏的海浪,也企图将你淹没

反思

这是我们共同的罪愆
不必陈列纸上
也不必标记符号
事物本身就在陈述一切
更多时候
潜入最深处的

不是海洋生物,而是
一切为我们所构造的表达
质疑,控诉,欢呼
我们对语言有着天生的驾驭能力
我们言及身与物,包括敏感词汇
一切像是早有预谋
在既定的场景里
我们成为犯罪的人
也成为遭受苦难的人
逃亡的人。最后
我们竭力证明自己是
无辜的人
我们标榜智慧
但也必须承认愚昧
比如,在曾经的一次交易中
我们用鱼,交换了等量的沙子

误少年

你不必向我提起那些光亮,我裹挟暗夜的影子
摇摇晃晃,踩碎了脚下的每一寸恍惚
我们各有秋天,不必相互分享

时间会把叶落和飘雪的日子错开
为我们的错过,让出路径
此后我们独自返回,并在沿途置放睡眠

"你我山前没相见,山后别相逢。"
至于悲伤,不过转瞬即逝,不过历久弥新

误入

一条误入人世的河流,避开所有的目光
从掩映的沟壑间逃走
没有惊动岸边的顽石与水草
低处腐烂的树叶不再分享下一个春天
一场预料之中的雨水,会清洗一切

关于荣枯的规律和与人相处的学问
都会有人教给你,但在那之前
你必须要先学会分辨河流的清澈与浑浊。并且
去理解世间万物的美意
把宽容与慈悲给予未知的一切

岁月老

路过一场大雪之后,两鬓就白了
活到七十岁,他不再敏感
一座荒草重生的坟头
死后,他也将沿着枯草落叶的足迹
选择湿润的泥土
磨难与伤痛
终于落荒而逃,在身后

破裂成无力的尘粒
七十年,庄稼和锄头都放下了
被抽干的身体像一棵苍老的槐树
他依旧每日沐雨饮露
但不再是为了去重逢春天
流动的,沉淀的,丢失的,遗忘的
都——遁入静默。仍然要衣衫整洁
在院子里,淘洗正午的阳光

起风了

缝隙里,携带秘密的风——悄无声息
点亮的烛台远了。
四月的巴山,拼命翻腾着绿
这里雨水充足,庄稼疯长
那只慵懒的灰猫,在夜里走失
想象落空,透明的光在林间彷徨。
我试着理解疼痛,试着去拥抱一朵
在春天承受苦难的花。带刺的植物,藏进角落。
隐匿的通衢,在月光下,流淌着温热的血液
群山静止,视线沿着山脉的走向
追寻遥远的光芒。只有水土,害怕流失。

起风了,乡径掩没在尘草之间
我爱这里的草木,胜过爱远古的太阳
胜过爱洁白的月光。
民风拙朴的穷乡僻壤,蜷缩一隅的老屋

生命和温柔,都有了归宿。
无人问津河流的去向
滚落山梁的乱石,一一遁入河谷。
夜色渐臻浓郁,选择沉默的事物
一边聆听时间和风声,一边等待黎明。
生命倔强,露水滑落,一只云雀轻易就爱上了天空。
破土的生命,学会了饮水,也学会了淳朴的方言
起风了,万物努力生长。

万物此都寂

山光,潭影,清瘦的修竹密布
幽僻的红壤小径向竹林深处探寻
我们拾级而上,苔痕在低处爬行
飞瀑从崖间坠落,悬挂的竹节
投下满目的苍翠。竹丛掩映的古寺
用哀婉的嗓音,反复唱着渡海的佛音
骤然降临的冷意,不断在我们周遭汇聚
这微启的寒凉,穿透禅房与人心
小半日里,尘归尘,浑浊归于浑浊
喧嚣的人潮依旧喧嚣
夜幕悄然垂下,灯影寥落
竹海和迷雾在我们身后奔袭
工业时代的汽车闯入再溜走
我们俗世的肉身,也未曾在此山中
遗落多余的、疲倦的尘埃

张家玮

90后。北京大学国际关系学院研究生。2018《中国诗歌》"新发现"诗歌营学员。作品散见于《诗刊》《诗选刊》《中国诗歌》《中国作家》《解放军文艺》等。出版译著《大隐》（汉英韩）《袁东瑛诗选》（汉韩）《天鹅飞翔》（汉英）等7部。获首届"周庄杯"记住乡愁——全球华语诗歌大赛一等奖。

张家玮的诗

向老牛致敬

向一头老牛致敬,相当于
向土地、向草致敬,这爱恨交织的礼仪
在出口和入口处,均安装着
割草设备

草命贱,虽然被砍掉了头
草根却从未欺骗过,路过它身体的
牲畜,在老牛留下的脚窝里
积水喂养着来年的草甸

天空的镜子里,总归是一物降一物
这新陈代谢的法则,相当于
子夜的胡碴上
站立着黎明的剃刀

草和羊,老在筋骨
而老牛却老在气力上
世上没有任何良药,能够治愈

垮塌，和衰老的心

蝴蝶绝句

1

没去过周庄，相当于
没下过江南

影子开花。蝴蝶流连忘返于
浪花与浪花间，周庄的水域远大于
蝴蝶的世界，一种比喻，陶醉于
万种赞美，赋比兴于
旖旎幻象中

2

蝴蝶之美，是越洋飞翔之美
是李清照的"人比黄花瘦"
是陶渊明的"采菊东篱下"
是东方破晓的汉赋澎湃
是不可复述的唐诗浩荡
是百鸟千鸣所呈现的宋词缭绕

周庄之美，是世纪穿越之美
是白居易的"犹抱琵琶半遮面"
还是"春来江水绿如蓝"
是马致远的"小桥流水人家"
还是"断肠人在天涯"

是明代《西游记》，是清朝《红楼梦》
是余光中的"你在这头，我在那头"

3

流水不争宠。1000 岁的全福寺
临青砖黛瓦而秀目，临周庄水
而宽怀，度日不必劳心
渡人何用请香

一只蝴蝶落在周庄头上，距离清澈的
天空和水，都仅有一翼之旅
风吹动了身边的风，除了
远道而来的乡音，此刻天空
空无一物

4

背井离开了水的人，相当于
蝴蝶离开了天空

风吹动了少年事，接连不断于
一滴一滴的雨，仿佛珍珠倒挂于
周庄，这种仪式本不该入典，无奈于
乡愁，最终将寻根于
坚实的大地，蝴蝶的翅膀最终将庄重于
仪式中的周庄

5

与周庄谈知名度，相当于

与华人谈龙脉

酒养乡愁水养酒。水有九条命
对应九重天,一只黄皮肤的蝴蝶
在地球的任何地方,思乡
只要它扇动象形方块体的翅膀
周庄就会荡漾

蚂蚁搬家

蚂蚁们头尾相衔,蚁队从黎明
  直延伸到黄昏,从巢穴的边缘
向四面八方扩散

沿途,蚂蚁们克服一切障碍
遇山翻山,遇河渡河
蚁队一直延伸到天际线附近

热火朝天的劳动场面
每天都会重复发生
枯叶、草根、昆虫的尸体
以星火相接之势
在队伍中传递

蚂蚁们以卑贱微小的体积
对待大自然的慷慨
和生活的馈赠,感恩之情

难以言表

阳光明媚时,蚂蚁们欢心鼓舞
风雨欲来时,蚂蚁们的步伐
会加快,争分夺秒地奔跑

把幸福举过头顶,把幸福
搬运回家,生活的场景变化无常
但我从未见过筋疲力尽的蚂蚁

稻草人

由于我的外形
具有某种人为的欺骗性

由于我昼夜颠倒
忠于职守

由于我的出现
惊扰了麻雀的飞行路线
和正常的食欲

由于除了我
所有的人都知道
我是离人间烟火
最远的人

飘浮之物

哪怕被踩在脚下，只要给它们
抬头的机会，悬崖峭壁，岩石的
缝隙。哪怕它们盘根错节的
身世之谜，被深埋进土壤深处

站在草叶上的，绝非飘浮之物
哪怕一滴最小的晨露，最弱的蛙鸣
我曾目睹：野草身上站着日出
和铺天盖地的沙暴

必经之路

山间小溪，从岩石的缝隙中钻出来
鸟鸣从晨雾中，炊烟从农舍中
一缕紫烟从天空中，钻出来

——生活的必经之路，离山涧不远
离鸟巢、灶台、天地良心都不远
也许一尺，也许咫尺

光阴的碎银，撒向山坡
阳面的野花上是牛羊
阴面的雪花上也是

云天

翱翔。一群白鹭组建了新的云团
无限的高远,开启了
前所未知的航程。你侧耳倾听
叫声仁慈的是鸟,安然如故的
是云,即使它们在欢爱中

至少有一朵云,目睹了天的新颜
至少有一只鸟,参与了云层的变迁
它们和我们,谁更有理由存在
有所保留的神秘,或者说其神圣
也不为过。它只出现过一次

秋色

长桥矮亭,占尽风光
昆虫,分门别类地绕桥过亭
晨桥恋爱,晚亭分娩
该如何哺育:这五颜六色的秋实

秋霜清除了过早扬尘的世事
阳光清除了秋霜。凛冽的寒风
却无法清除自然现象:秋色有情
落叶无根

经过

泥土和石头,都在河水膝下
玩耍过。秋天的皮肤
经过水洗后,呈现童稚的金黄色
天上天下都有秋风经过
地上地下都有河水经过
风水轮流转

天空留出通道,让雨水经过
雨留出间隙,让滴答声经过
深秋,敞开胸怀
让我经过,大地在空闲时
才会让白日做梦的人
经过

乡音

我所见的秋天,有可靠的相似度
金黄色的果实,粉红色的裙子
相似的人

夜晚有蝉鸣,叶子向枝头摇曳
村庄的灯火不及夜空璀璨
人烟稠密,火焰稀薄

多年前的某夜,我遇到过一只狼
它是第一个对我说起乡音的
猛兽

蓝

一道蓝光从地面升起,薰衣草
衬托出的月色,夜莺的眼神
赛里木湖上空的风

蓝色之光像秋风
吹拂之处,能蓝的都蓝了
我体内沉淀了太多的盐

世界多么蓝
早晨的蓝,傍晚的蓝
形同姐妹

在音符之间

从一个房间飞到另一个房间去
音符之间的拜访,相当于
意念的神往,想象一下歌声里的
高音区、低音区
谁分解了它们的属性和性别

哪个部分是沙哑的,还有哪个部分
需要回味,而不是分辨
唱出来的部分都是浅薄的
那么什么深藏?在两个音符之间
你还能找到:什么会飞

隐居

山谷只亏欠回声,而炊烟
如果不曾被早亡者
三番五次地提起,被忽略的正是

炊烟。并非人人皆知
惊艳于山谷的曲径幽深
它舒缓的铺张,与晨雾相关

自然随意的肢体语言
从一户采药人家的东窗升起
散发着食物的诱惑

此地宜隐居,与鸟共饮一泉
与天地共养万物

伊犁河

伊犁河水从上游倾泻而下

逆流而上的我已经习惯了
与所有的河流
背道而驰

我从未怀疑过自己
所坚守的方位，我听到的伊犁河水
是赤裸的身体拽断脐带
是枝繁叶茂的幸福
离开根的声音

下游将长出新的波涛和血肉
伊犁河，从未让土壤贫瘠和焦虑
每一滴水都有自己的灵魂
它们诞生之初，就最先检验了
我的前程

太行山

在一块巨石的上方
云雨来去无踪，这些没有名分的
来客，被什么吸引而至
又被什么驱散

山顶，仿佛无情无意的人间
接纳的越多，越寡众
而我此时此刻的想法是
绕过它，还是翻越

葛小明

1990年3月生,山东五莲人。张炜工作室学员,山东省作协会员,山东省作协诗歌创作委员会委员。2018《中国诗歌》"新发现"诗歌营学员。诗作散见于《中国诗歌》《人民文学》《诗刊》《天涯》《钟山》《作品》《星星》《诗歌月刊》等。有作品入选多种年度选本。获第五届"人民文学·紫金之星"散文奖,首届、二届全国打工文学奖,齐鲁文学作品年展最佳诗歌奖等多种奖项。

葛小明的诗

脊梁

这一生他极其沉默
别人笑话他走路都直不起腰
他没有任何回应,只是
习惯性地捡起秋天的树枝
画一画挺直腰杆时的自己

好多年了
自从生了第三个儿子
他便没把脊梁捋直
沉默惯了,开口成为艰难之事
想想也只在讨论是否立碑时
轻轻说了一个"不"

刀入案板

用力点
多的是硬骨头

难啃
好肉皆在刀斧
触碰不到的地方

狠一点
劈下去便会获得众人的赞美
劈下去便完成了作为刀的使命
欲望尽在刀尖附近凝集
这一刀马上就能解放自己

肉平静地躺着
对即将来临的一切
没有任何表态
挨刀惯了
便不觉疼

案板隐忍很久
终于对刀松了松口

石头是怎样跳下山崖的

你说,石头是怎样跳下山崖的?
一定经历过树的排挤,鸟的奉承,风的肆虐
还有雨水的第三者介入
不知道他们中有没有后悔成为墓碑
立在痛苦的记忆里,难以消磨
你说,替别人清醒是种罪过

那些短暂的名字、用力过度的刀痕
都会被陌生人的悼词——覆盖
你说，做一个沉默者并不容易
不知道他有没有后悔做一块石头
风声里那么多陷阱，就连落下的雨
也掺杂着来自高处的阳奉阴违
做一块石头太难了，不小心被砌进墙里
必将遭受众人目光的射杀
你说，目光的高度，往往
低于任何一个低头爬行的影子
高傲者自有失，石头同样要闯荡江湖

如果石头被磨成沙子，势必
失去个性，失去姓名
失去所有与血有关的热度
有一部分沙子在柏油路上想起往事
不甘心就这样一辈子
哪怕借助风，再飞一次，重新嘲笑世人
曾经无度搜刮自己的风，此刻异常高大
不求任何人！我愿意清贫一生
石头也曾有过热血豪情
从一道沟滚进另一条壑
你说，起起落落的路上没少被坑
学会圆滑才不会被欺凌
才能在无数场山雨欲来中屹立不倒，才能
伪装成一个少言寡语者，逃避是非

石头是怎样跳下山崖的？

勘察过现场后，他们匆匆抹掉痕迹
这种相遇，或许只有一撇
他们却读懂了你的痛苦与野心
你说，这个世上，太多问题难以解答
真相是无数次敷衍后的沉默
他们在调查过程中
也将会成为石头。
这里有每个人的一生
未来之事难料

你说，石头有了不满，才会敲打山谷
敲打这生生世世缺少回声的山谷
不敢用力了
这辈子许多话忍着没有出口
撞到沙子，就把沙子摁进修辞的末端
让其微弱地发声
既表达了诉求，也不过分生事
撞到大树，就拍一拍他的末须
把那些来自人间的尘土掸去
少几分烟火味，便少了几分危险
人群密集的地方，危险度更高
大树迟早要下山，迟早
要失去一棵树的样子
撞到谄媚者，就接受他
慢慢学会做一个小丑
毕竟有时候也需要粉饰太平
撞到同病相怜的，就挤一挤
拿出多年不敢示人的脆弱

拿出胸膛深处压抑的怒火
一杯老酒，几块石头
围火取暖
邀请夕阳的余晖前来开光
棱角有差别吗？
我只知道所有的苦难相似
遇到采伐者，也会吓得魂不守舍
铁质的器具具有杀伤性
沸腾的血因之冰冷
父辈不止一次提起过
铁是宿敌，冰冷的宿敌

没人的时候，石头也会小声唱歌
唱出委屈
唱出疼痛
唱出对命运的不甘
唱出多年未痊愈的旧伤
唱出一块石头的发家史与沉沦的种种缘由
唱出往事，唱出历史，唱出求不得放不下
唱出风雨密谋已久的蜕化与重生
石头也曾有过青春与年少
一只曾经驻足的蝴蝶，很轻易地夺去了他的爱情
其实，甜言蜜语最可怕
美丽的背影最可怕
他们随后变成金子和宝石
走进博物馆
走进富人的温柔乡
进行新一轮的流亡

善谎者像橘子,甜中带酸
在此之下,许多界限模糊
但是石头是怎样跳下山崖的?
这将一直是个谜

秋后

麻雀反复商量的事
已经被多次
拒绝
谷地里,它们纷纷投降
秋后,天空高了一分
空旷的大地
难以养活接下来的荒芜
更多的鸟进巢
一只只,独挂枝头
他们去向神秘
他们的一生充满了未知

在秋天,不用过分紧张
所有解释不清的事情
都能在一粒米里找到答案

那只喜欢说话的鹦鹉死了

我不敢停下我的笔
我怕再也记不住此刻的场景
我怕没出嘴的话
再没有机会表达
耳朵和笔同样珍贵
毕竟世上能留下的东西太少

那只喜欢说话的鹦鹉死了
终于不用再因为嘴巴活
最后一个尾音,也
"沿着屋顶的方向消失了"
天空那么大,足以安慰整个人间

刀钝

镰刀生锈很久了
麦地里
曾经高高在上的部分
彻底消失

麦子齐头生长
谁也不愿意第一个
站出来。再次地

一些往事就此戛然而止
刈麦者的步子迟缓起来

只有拿刀时生出的风声
越来越急

火柴

冬天的树枝像白骨
一堆堆逼近
残留的东西多为人不齿

月亮就是这样一个可怜虫
清醒,高冷,又不敢出声

你说孩子能看见我们看不到的东西
深夜里划亮一根火柴的罪过
远远大于在半路安慰一群迷路的人

筷子

好大的欲望
一下子就传染了
这么多人
每只持筷的手
伸出后

便停不下来

筷子的欲望
是从做一棵树开始的
而每一棵树
都曾幻想在巨大的森林里
饱食盛宴

警惕

写一条苍蝇能看懂的标语
简单点,就写:
"不要进来,这里危险"
但愿它们能够学会轻信
轻信扬起的手势真会落下
轻信赞美里藏有致命的毒药
轻信陌生人的善良
轻信趋之若鹜是一种信仰

真的很难,肮脏的事物
拿起与放下都如此轻松
真的很难,谄媚都是陷阱
忍受欺骗才会百毒不侵
真想告诉它们
不要进来,这里危险
毕竟生存不易
毕竟苍蝇也有美丽的时候

大风

目之尽处一片浑浊
草不是原来的草,他们的野心在
更高的地方
沙子是最难驯服的,他们说
草原之上,规规矩矩长久不了
如果是草
就要有戳破天空的长势
如果是沙子
就要学会在诋毁中长成石头
如果是少女
就要懂得处女之身迟早要没的
大风过境,羊群消失
马上之人越来越小
只有多年前撒下的谎在风中若隐若现

月亮投下干净的影子

睡在草原上的时候
从不担心会有蚂蚁爬上来
因为我的欲望全部藏好了
贪婪那么巨大
再多蚂蚁都无法搬运
不能把肮脏的一面暴露在草原上

不能让那些忙碌的蚂蚁空手而归
要睡就睡在草原上
要睡就找一张铺满月光的大床

月亮投下干净的影子
归途明亮异常
蚂蚁在别人的呓语里满载而归

蚕场

蚕场没有明确界限,在鲁东南
一座山,一道梁
一棵枯而未倒的槐树
都有可能成为界限
祖上传下来的东西多数可靠
生产队划分的蚕场
均匀,等量,公正,严谨
说这话时,爷爷比任何时候都严肃
祖上还传下来过质朴,诚实,坚忍和委屈
曾经因为贫穷而落下的泪水
在这富足的山里突然涌现
那里有奶奶的青春,父亲的稚嫩
也有母亲第一次嫁进山时的羞涩
天尚冷,太阳无力温暖大山
父亲披着隔夜的露水准时出现

高亮

1990年8月生，四川眉山人，现居四川宜宾。从医。2018《中国诗歌》"新发现"诗歌营学员。作品散见于《草堂》《星星·散文诗》《诗歌地理》《中国艺林》《忘忧草》《大风诗刊》《东坡诗刊》《川江诗刊》《岷江文艺》等。获第四届中华校园诗歌节优秀奖、首届"金光大道杯"全球校园散文诗征文大赛三等奖等多种奖项。

高亮的诗

绝境

太安静了会让人胡思，乱想
夜色铺天盖地
我只能被迫在虚无中穿行……
你看街道上熬夜的灯
没有丝毫怨言
对面楼群住了几百户人家，但依旧很空
当我在一张白纸上开天辟地的时候
仍会不假思索地把一个名叫石子村的地方
标记在最中央的位置
对于这张纸而言，我就是它的造物主：
可以命令一棵青草介入
可以授意一只昆虫盘踞
也可以随时把我的宿疾从体内取出来
换成看得见的山峰，河流，石头，飞鸟
甚至雷雨，暴雪，烈火——
我的爱隐于其间，小而惊心，像绝境

秋光

透明。甚至有些虚无
它令我想起岁月中还有所珍念
那些忽闪不定却从未消逝的事物
像,流水,星辰
像,巢窠中几只雏鸟的黑眼睛;
我曾在一个青苔密布的院落
关注它刻字般缓慢的移动
静伏万事万物身上
若有所思的样子,真让人迷恋
它落在哪里,哪里就是美丽的荒原
它照亮什么
什么就披上了一层与世无争的安详

往事

挖个坑,扔进去
三四颗玉米,或者一小撮麦粒
在那个简单而温良的年代
这些种子从未辜负过我的祖辈、父辈
即使予它们单纯的粪水
用不了多久,肯定会以嫩绿的形式
从覆盖它们的泥土下冒出来
拔节,抽穗,扬花,结籽,成熟

然后山泉水一样循环
最终成为这片土地上另一些
因过度低调而被人忽略的住户
那时,我还年幼,常卧在院坝
收拢堆砌的秸秆上遥想未来
有时渐黄的叶子触到肌肤
那感受,我许多年后才学会描述——
就像行将就木的祖母
最后用一只手,把仅有的体温都流向我

冬至:给父亲

阳光从窗户投进,落在暗红的地板上
白色的墙壁瞬间起了些折射的光影
那时,我惯用镜子改变光的去处
最多的时候,是将它引到父亲的面庞
眉宇,以及一只眼的中心——
他躲闪,闭目,无奈地苦笑
这些都曾令我窃喜。
今日冬至,我在逼仄的房间里无所事事
专注每一刻光的移动
手中握着一面镜子,试图送些光去
它未曾到过的地方
一个人就这样
在孤独的良意下推动着光
绕着墙壁、天花板漫无目的地游走
可身处迷途啊!

至今还没替它们找到正确的出口或方向

孤坐

灯在头顶孤悬，26个字母如26种刑具。
手机笔记展开：一张空白文档
细皮嫩肉，但甘愿与我一意孤行

一个人在斗室孤坐，如身陷囹圄
一个人在灯光下写诗
领受每粒汉字的罚体诛心

当空白的文档也变得体无完肤
我才看到它，碑的骨骼
冒着又黑又硬的寒光

晚景

孩子们的交谈声，追逐声，嬉闹声
在灰蒙蒙的暮晚里起伏
这一刻淹没了更高处聒噪的鸟鸣
夜晚来临前的时光依然欢悦
仿佛这一天才刚刚开始
除去天色暗淡
我几乎也融入了这份欢悦之中
忘了这一天真就要过去了

我在他们对面的出租房临窗俯望
头顶的暗淡缓慢加深
一场雨势在必下的样子令我徒然烦恼
黑夜很快降临
和室内的灯光没有丝毫争执
它们关照着各自领地上的万事万物
达成了一种寂静生态,宛如心安本身

影子

我在正午仰望灰蒙蒙的天空
因为记忆里,这个时候
会有灿烂的光线,自高处垂落下来
我在过了花期的月季旁闭目深嗅
因为记忆里,馥郁的采获
同样需要应有的专注和认真
我知道哪个时候写字更合适
因为我知道哪个时候
自己最孤独,最疼痛,最安静
我甚至知道我预感命运的走势
会比桥头算命先生
看得更透彻,更富天机
一生中,这样的洞明有许多
这样的絮叨仍会不断重复
有些东西,早已变成爱的影子——
即便我形销骨立
也还是要树根般深陷下去

身份证

即将到期的身份证,像一张
人物确切的车票,现在,我抵达了
曾经那个踮起脚尖都看不到头的远方

年月似密钥,往事如分秒拼串的哑剧
一张脸懵然无知
一张脸却早已写满故事,但不知如何相诉

十年弹指一挥,生命若草木般流逝
原来我的存在如此庸常
我的委顿从未超越自然而然

原来那个懵然无知的少年
转眼已是痛定思痛的故人

老屋

门窗上的对联已不见踪迹
一对门神贫血严重,失了昔日威严

院墙上枯藤交错,苔藓集结
院角老井,被层叠的落叶捂住了清亮的瞳孔

自留地里两棵柚子树,从前年开始挂果
青翠的叶子,永远青翠,仿佛不知衰老,不知死亡

围着老屋漫步,转个圈还是会回到荒草横生的门前
那些长出又倒下的生命,使我这些年渐渐信任轮回

每次环走,心情都无比沉重
像面对一个就要出殡的逝者,像只能再看最后一眼

与己书

解开一片叶子。有很多种方式
你能一下子想到的,都过于粗暴
光阴中,一滴青墨色的汁液
就是一封漫长而白净的书信
体型再小,它身体里也有一条淙淙的河流
你无非就想成为其中的一片
想体内也流淌着一条极小的渠水
当一生恍惚过去小半
你还可以低下头来看一眼故乡的十里风雪
沉实的秋天就在水一方,那里有
孩子们喜欢的鸟窝跟鸟蛋般相近的气温
当落日宽阔着浮出水面的石头
你也静物般,宽阔着他
瞳仁里瘦薄的云烟

夜游流杯池

丞相祠没开
我的造访显得如此不合时宜
大门外两只石兽身体滚烫
说什么
也不肯去百米外的岷江里冲个凉水澡
河道上人影绰绰,脚下处处是搁浅的沙土
这自由的山河,这水的骨头
踩上去,和夜色一样软绵绵的
汛期过后,卡在围栏上的水草,树枝——
如此引人注目,它们在夜空下
隐约如一个束长发的古人
他站在江边若有所思
他让我感到,我的停留有了意义
而很长一段时间
对于那个波澜如江的人世
我没有丁点察觉

遇见

傍晚了,还能听见石头与铁碰撞的声音
还能看见对面工地上轰鸣的凿岩机
卷起磅礴的灰尘
那些细小的泥色的颗粒

在古宋河畔形成一种熟悉的景象
我说的是,我看到了
炊烟一样散漫升腾的旧年
但工地上已没了灶台,也没了看火的人
现在这里就是一片泥石混杂之地
就是一片拆除待建的废墟
如果夜再深些,这种肢解的声音
会更加深入骨髓———
石头上溅出星火,仿佛一双双怒目的眼睛
破碎的石头,每一块都身披凌迟的刀痕

橘花辞

可以看见清晨葆有的寂静。
露水悬于橘花之边。两种白在镜头下
含情。而我一不小心
就站在了,离温暖最近的地方

接纳香。接纳轻抚耳际的风
和天空的蓝。
接纳翠绿的枝叶,也接纳更深的恍惚

可以看见某些下垂的事物,内心
禅想:比如露水滴落
比如花瓣微摇。它们拼命朝大地扑展

可以看见一个开始,一枚结局。

彭山,二十一度的空气中
有同样净澈的东西滑脱,误伤了我

苍茫书

储存想念。与故乡签一份永久契约。
从此,我为东家,她为佃户
每逢月圆夜,我便按时收纳租子:

一阵风,我得挑野一点的
但还远不足伤害庄稼,麦草房
以及一个女人的眼疾。
一片翠竹,在成为纸页前,也要
容得下我的苦水,循循善诱
和不定期不辞而别
至于水,就自由流淌吧
我的眼睛,肌肤,骨头似乎从来都不缺乏
而山也不必伟岸,能平衡我
体内的虚空就好

其实还有好多心思不想说出,比如
在时间面前,我也是个彻头彻尾的佃户。
定期交纳疲惫,苦痛,困惑,迷茫
是我永远也避不开的命途
但是多么可悲,我的一生都需租用
一个肉身。偿还。

春天,我还欠着远方一场八百里狂奔

春天了。目光清明,身体丰满
但仍是一只关在笼子里的鸟
还欠着远方一场八百里狂奔

天空流云,火树银花
白日,山河锦绣,黄昏,日头芬芳
但我不急于振翅
也不急于说出一声赞美

不听雨,不喝茶,不睡卧风中
尽管我在一尊
笼子里,但你很难找到我
人间如此深邃,只有相思如故持久弥香
若搁浅在瓷器上的一片靛蓝

春天了,我还欠着远方一场八百里狂奔
还欠着一个人
一曲如梦令,半包断肠散

醒洱

1994年生于山东济宁。上海交通大学研究生。2018《中国诗歌》"新发现"诗歌营学员。作品散见于《诗刊》《观物》等。获樱花诗歌奖、北京文艺网国际华文诗歌奖提名。

醒洱的诗

风景之末

1

已然忘记，何时置身此地
天空低矮，秩序简明
但仍需步入事物内部
一个草草写就的废园
是否能带来新奇的触觉？

沿着这条路，依旧是荷塘
硕大而肥厚，欢快的脉络重复
朝各个向度增殖的绿
洁净的细梗将其递向湖岸
弯折或低垂之态
暗银色叶腹，悬临幽深的波澜

湖水青绿，而天灰暗
鹳掠过水面，翅羽执掌气流的力矩
低空滑翔，负荷疾行
我们惊叹于这精微艺术的赋形之美

逗留于顽石，扬起黑色的喙
和失眠的细腿

"我们不走回头路。"
熟稔的东西从不能使人充盈
进入丛林深处
一些灌木枝杈挑衅着我们
而蕨类的暗绿给予安慰
横向生长，极低而宽阔
顶端渐变血红，它内陷的风暴
涌出，但不能舒展
沿叶脉折叠自我，以封藏柔嫩的屈辱
它与生俱来的债务。哦，女性！
总在夜晚变得陌生

依盛夏之权威
存活，蔓延
此地：一个幽闭空间的宗教

2

步入此地的纯粹智力
月之领土的干冷气候

灌木尖锐而猩红，封藏在小巧的篱笆中
精微结构的拉力控制
使柱蕊竭力伸长，它惊呼的喉舌增殖
花瓣避让，反向折叠

白头鹎停留,凝视复飞离
鳞块裹挟的树体,灰至深褐色
警戒断面的明黄,仿拟光之牙齿
使新绿磨损

松果坠饰呈卵形,规律性崩裂
圆瓣递进填补空隙
重复,变奏的绿交响,和柱状新枝上幽微的刺
它的羽翼平展,斜向上式蔓延
被旋切成平顶,低矮近于荒草

远处飞蓬,在疏于管理的湖岸
是由于摄取了水的狂暴和凛冽,
所以变得高挑而笔直?

叶脉上季节搏动
脚下的血管纠缠
是蒺藜深埋的叛乱

此地,无主的历史
荒芜铺排的秩序
为新的广延统摄

3

向前,是凌乱的松树
积尘使脖颈微垂
并压弯躯干和顾长的脊柱
松针紧锁浓绿,向内的刺

聚成疼痛的骨节，它的新绿生成

这敏锐者的生产，灼热中不断磨损
月季开始衰败，丰盈渡至褶皱
褪作枯朽的黄
黑心菊微笑，高举中心的巨眼
我步入一股甜腻的腐味儿

既非月季也非黑心菊
是梧桐花无数癌变的喇叭
堆积在发黑的枝干
柔软的淡紫花瓣上
稠密的霉斑，向内排布
而狭长的花柱向外探出，呼叫
被柔软的绒毛裹挟
坠入潮湿的沉默中

而树依旧高耸
太阳为石壁刻入影子，漆黑而坚硬的割线
其强力，其持久
将悲伤埋入律法
横亘于此地的空气
与历史

夏日妆台

把所有迟来的触摸相加便得到你的形状。

你低着头,拼贴罪业的发票。
把所有迟来的触摸砍除便露出无你的星空。
空空的蓝,你的粉盘。

镜中升起的双眼,被黑色的时针划分。
私语与红烛,收纳在底部抽屉。
众光容纳平凡的形体,欢爱如广泛的性,
浮动裙裾般的树冠。

你的耳饰一长串儿,翡翠的位序
种植,种植在耳垂,美的领域
须以迷途释义。不忍但我折返,
那些陌生的干冷的反光。

一些尖叫的树叶被重新组织。
双手裁剪的路径,跟随花枝,针线拼接着邻域。
天空晴朗地收缩着,有限的事物,
正在开发持续的冰冷。

钟表微笑,证件在铁盒里,周转黎明。
事件还没有新的主人。
晚风将树叶击散,
声音介入了秩序。

疯马

疯马逐月,月不予应答

月于荒野，疯马不止

一些喃喃细语声吹过灌木
那些怀望的眼睛疯马拒绝

疯马逐月　　月于荒野
月摇晃，它罪恶的金黄

摇落夏日，那未经测量的盛大阴影
或阴影的阴影，筑世界于洪水的暴怒与滞留

疯马逐月　　月于荒野
于时代的罪业诸峰

它的梦魇已被宽恕：
每一事件都源自内部闪电的碎裂

疯马领会月之意念，但无以承载
匀了三分杀意予我

季节

终究，我们失败了。
是因为你的懒惰和自私
还是因为我的冷漠和多疑？
这质询激荡冬日的晴空，
澄澈、辽远，如你的注视。

在这个以呼吸取暖的寒冷村落,
我们诞于贫穷等待疯狂信仰宿命
如果诉说？我们拒绝诉说。
如果哭泣？我们拒绝哭泣。
为了焦渴的良心。

惧怕,讥笑和私语,我们小心地藏起。
看冰风中栾树枯萎的果荚如风铃触碰,
大山雀机警的椭圆形眼睛旋即没入丛林。
我们也是,如此机警,
如此努力地,小心地,不陷入孤绝。
面对笨拙和矫饰,
一贯致以嘲讽和鄙弃。
恰如它对我们的鄙视,滑溜如体制:
失败者,
曾渴求艺术,
一头栽入痛苦的经验。

低音的震颤,在我们的手心共鸣。
还有什么能从苦痛中涌出使得一切得到报偿?
又为什么自此一切叩问都得不到回答?
仿佛苦痛就是世界的极限之极限?
以致语言只能成为其描述?
我们也再不能借此拥抱?

而夜空的细语带来安慰,
积云的身体教导柔软
传授迟钝和化妆术,

使我们具备阴影之美以便与世界和解
并获得有形的，紧实的欢悦，
以对抗血液中古老的敌意

飞机划过，留下逃逸的痕迹。
它的白色滞留。
它的时间正涌来。
因为迟钝，疼痛并未使我们驯顺。
因为记忆，仍旧坚信爱之创造。
或许一切早已注定，我们的历史也早已写就。
我能看到它的重现：
栾树的黄花散落成泥，
温热的雨水流过身体，
就像灵魂的柔软滑过，就像温柔的欺骗，
孔雀在叫喊，激越的经验
在生命中溢出。

捕获装置

阴天，她习惯在傍晚观望天空
以图书大厦的避雷针参照
它灰冷、渺远、真实
适于回应一个虔诚者的敬畏之心
真正的知识是悲伤
而她已足够勇敢，以疼痛来体验

她的习惯：以各种角度

注视自己最恐惧的事物
触摸它的肌理，深深潜入它——
来习得生存的规则，计算它的出口
（多数时候幽深得令人迷失）
不断忍耐着，又质疑它的真实
是否能磨砺出澄澈、坚硬的灵魂？
每一次哭泣的疲惫，失控后的灰冷
为何会化为一种怯懦和驯顺？
难道这不会激化施虐者的恶行，
因为他们博学的恫吓？

而此刻她已足够冷静和隐忍
拒斥流泪的安适和快慰
真正的知识乃是悲伤
她仍需注视，驯顺者的敏锐和温柔
如一位遥远的母亲
在夜晚用卫生纸折出玫瑰
藏匿于未流出的泪水
而他们熟稔施虐的艺术
乐于享受哭喊

是因为真正的思考只能以身体完成。
天空从不展示它深邃的认知
直到目不能视，恐惧之物不能再被解析
她会一直深入，因为
一个修行者要勇于面对恐惧
并展示破碎的自我
是因为他们的血并不淌在自己身上

一如她的眼泪并非为自己而流

喜鹊

和他走着,跟在后面
阳光透过拱廊的宽缝晒着我们
并透过我的塑料水瓶留下蓝色的影子
我在说着,幸运和不幸,是否可以互相填补
这样就可以为个人的际遇附上合乎逻辑的注脚
而你说,当我这样想的时候,就证明我是
不幸的人因为幸福的人从不会想这件事情

我很失落,还是不愿意相信
然而是与不是,只能带来一点儿缥缈的傲慢
孩子们从冰淇淋店走出来,吸溜着口水,发出嘿哈的笑声
这个疑问更加使人恼怒了
"你才二十二岁,根本不该考虑这些。
虽然这是唯一能做的,但它并不能告诉你该做什么。"

然后你便沉默了
一辆辆卡车开过,扬起大片尘土
石灰味儿和土味儿
紧随其后的三轮摩托载着三个漂亮的女孩儿
和她们鲜艳的嘴,映在积灰的玻璃中
想想吧,那些锤炼的词句
是不是使生活更加逼仄了,但词却更加丰盈

可到底该如何自处
滚烫的高压线上，暗含闪电的激流
它黑色的翅羽上幽蓝的浮光
彰显陌生的财富
和浑圆的白色的腹部
整洁，修长的尾羽
使我讶异，想把它赶走
大叫着，挥着手

太高了，它听不见
依旧站在那里
专注地，深沉地，注视着

在闪电上
在死沉的热浪中

童七

本名普云凤,云南玉溪人。2018《中国诗歌》"新发现"诗歌营学员。云南师范大学现当代文学专业研究生。

童七的诗

垂钓者

江水连着东西,岸的这边
长着蒲柳。那边
则站着一些花白头发的垂钓者
许久没见一条鱼上岸
大多数看客已经退出了江边

此刻,夕阳正艳,柳色正新
雪白的鹭鸶站在江水中间
也有一些,上下翻飞,轻盈如纸屑
我忽然明白
他们钓的,是鹭鸶雪白的影子

午夜听雨

一个个雨滴,
在屋檐上汇聚成金鱼。
它们汇聚的速度和下落的速度一致,

最后一跃,
落入了凡尘

铜盆里,瓦墙上,被扔弃的塑料袋上
仿佛上帝的叹息之声

抚仙湖奇石记

第一块石头从口袋里来
第二块就来到了我的手里
第三块第四块以及更多的石头
就在沙滩上开始了等待

等待日月潮汐　等待湖鸟归来
等待一片海旁边的另一片海
等待水里的另一滴水

我在岸上
它们就等到了一个又一个的我

送客

雨天,路滑
母亲送客出门的时候说
"慢慢走,摔倒了让蚂蚁带信回来"
之后,我每遇上负重的蚂蚁

总想问问它，背上
是否装了某个亲人的消息

秋事

母亲的生活只有两季
播种季和秋收季
于她而言，能见的色彩也只有
黄土和庄稼
她时常给我抱怨
庄稼的收成，还有老家屋子常出没的蛇虫
她还说，抱恙的身体
已经不住秋风的捶打
"再也不要做农民了"
我这样想的时候，窗外秋雨正紧
左腿的关节又开始隐隐作痛

归来的男人

远行归来的男人，
带着夏天的水汽和远方亲人的消息：
某某吸毒了，某某又泡好了虎骨酒
等待从更远而来的宿醉
某地又开了赌场，
某地又把国界碑向后移了几百米
新腾出来的地方又被别墅占据

他向我们兜售远方的良田
还有植被茂密的丛林
最后,他用带回的虎骨酒
带自己走向了密林中的老虎

夏天的死亡

一轮乌云过后,村庄又遭大水
几家的村舍和农田
又被夏天带走
老人终于受不住夏天的折磨
在儿子回来之前,用麻绳自缢

有人说,他死于饥饿
更多的人则相信
他死于炎热

讲故事的人

除了我们,这里已经很少有汽车驶过
父亲的眼皮已经开始上窜下跳
我继续给他讲,有一年他到深山里
开着车窗,也是夜半
行驶过程中一只猫头鹰
撞进了驾驶室。父亲一惊,又一愣
接着把猫头鹰端起来放在了

正在熟睡的二叔的手上,二叔被爪子一抓
醒来,首先是大惊,接着惊慌失措
继而把猫头鹰扔出了窗外
讲到开心处,我看到父亲的双眼
依然恍惚迷离。继续剥一半最酸的橘子
递进父亲的口中。父亲精神一振
公路又笔直地伸向最深的夜里

历史

那些早晨
我尾随父亲走进土地
启明星还挂着
白昼和我一样　睡眼惺忪
那是酷暑的七月
大碗的虫子伸着舌头　干燥盛满了水井
太阳也没有升到天的中央

我一锄一锄数着太阳的脚步
沉默的老狗忽然沸腾
声声叫卖着庄稼地的历史
村庄里的人早就醒着
但是　没人记起
昨晚的镰刀割伤了哪一束
即将被露水亲吻的阳光

川藏坝子

一览无余或一望无际
这么些年过去
那个手持苹果的望乡者
依然面对故土的方向
点了头哈了腰
公路还在延伸

雪白或者暗深连着天际
仿佛天地一体
仿佛生生不息

卧云山记

风吹着风,云卷着云
这里的天就比别处的天更蓝
至于苹果或是植物,还有秋冬的霜雪
都受了白云的喂养、清澈、凛冽
除此之外,他们还负责运输神的口谕
苹果以暗红示人,植物要长青
霜雪,则负责取走人间
多余的热度

止塔

一堆老骨头
才是这里的住持
守着小和尚念经,守着老和尚超度
背向青山,面对荒坟
大院里的玉兰花,枝繁叶茂
世界都黄了以后
总得在俗人堆里扔几个人
他们得守住青山和寺庙
守住秋天的阳光和婆娑的树影

林中小记

踩着父亲的脚印,像小沙弥
游走于云贵高原向海洋倾斜的
地方。竹篾编织的帽子
从不放弃制作回声
与之相呼应的,还有风声
塔架上电流的喘息声
时不时遇见孤坟,又有另一条路
以它为起点,踏平绿草青青
等待着活人合葬的石墓
远隔青山就可以看见它喑哑的白光
到底是什么样的人,非要在

活着的时候就造好死后的墓穴
我猜想,他大多的生命
已经跟随亲人进了坟墓
现在的时光里,还能看见些什么
我不得而知。想起十岁那年
随父亲去见放阴师,放阴师
找来多年前去了阴间的,祖父的父亲
给我和父亲传授人间的秘密
不惑之年的父亲,坐在小板凳上
拿一支笔,在纸上边听边写
那以后我就相信了一些东西
譬如,葬在茶地里的人
灵魂里,必定装满馨香

童年

就像这个小镇的命名,圈内
坐落于祖国边陲
长在一条蜿蜒的河谷
我和父亲两次经过它
父亲望着路边的小学校
指着荡在秋千上的红衣服少年
"上次我看到像他一样的孩子
被秋千甩在了地上
他爬起来,拍拍屁股
一瘸一拐地跑开了。"

在中峰寺

1

通往中峰寺的路,陡峭而古老

端坐在殿上的菩萨依然低眉
但信徒却和菩萨一样少

我在听了风声和石头的耳语之后
很想询问路边刚从寺里走出来的两位少年
他们的神情,为何
如寺里的菩萨一般
好像一出生就低眉顺眼

2

他们都太乖了,那些石头们
一个个都是做早课的小和尚
静候着春风带来诵经的消息

山寺桃花落了一茬又一茬
它们就热烈地等了一年又一年

我也很想效仿苍雪大师
再现聚石为徒的公案
奈何我一身疲倦
身体里尚未装过半卷经书

我们一定浪费了很多时日

在那些静坐以解困乏的时刻
彼此间的不言语像是青烟消解于空气
那已经算浪费了
如果我们不扣发身体里的机关
那
春天将和冬天一样乏善可陈
冬天又是什么样呢
静坐炉火旁,诉说青春的悲伤?
那样也是浪费
毕竟,不是春天才有绽放
更不是只有情人才可以接吻
而我所期待的一种拥抱
自始至终都不曾落在我的身上
我们一定浪费了许多时日

山谷

回声不是最主要的
在绿色之上还有一层薄雾
有时候独属秋天,独属大山
只要它们一来,就知道酷暑将尽
就知道所有的山风都在改变方向
数十棵果树已经挂满了果子

泉水也开始淙淙流过
经过的人会汲水解渴
也会顺带捎几个果子
这本是谷中的享乐主义
一年四月,有人进谷烧蜂
用干瘪的牛粪引火
没想,盛行的春风让星火燎原
整个山谷霎时成为火海
大火熄灭后,他,入狱
几年的光景草木才又重生
放眼望去仍有重重的黑炭
有随手攀折即断的树干
但山风好歹继续吹拂
草木好歹继续生长
山谷也继续回声

王冬

1995年生于贵州安顺。《零度诗刊》特约编审。2018《中国诗歌》"新发现"诗歌营学员。获第二届"明渊杯"全国青少年自由写作大赛诗歌奖、第七届黔中端午诗会诗歌二等奖、2018首届中国·贵州龙宫网络诗歌大赛三等奖。

王冬的诗

秘密

每下一层楼梯,出现一个白色条纹
就会有一个人消失

这里有很多楼梯,我是消失的人
也是存在的人

很多人消失后,我发现了这个秘密

坚韧叙述

我们躺着,只躺着,就意味着某种联系
就是在这儿,我疼痛地献身
像雨后玫瑰的红色残叶,沾满细小的沙石
没有弄疼你吗?

早晨的玫瑰,从粉色变成深红
落下的花瓣和惶恐的期待

一大片白色的消逝
追忆它,永不再回来

当他重新进来,在颤抖里感到快乐
所有的这些,都在他的掌握之中

在黑夜里读诗

灯光亮了一会儿,又停了
于是再次点起蜡烛
它发出的光使我们刚好能够看见
我不记得你读了什么,你自己也不记得
我只知道我读了遥远的沼泽
那沼泽在之后又被提及,它是探索中的一块铁片
在铁片挪动的时候,屋子瞬间安静了下来
只有它的锈气在蔓延

你寻来清泉

你从邻座回来,和我们之间有了沟壑
我们举杯喝完红酒,它拒绝落入你的纸杯
我最后倒米酒的时候,眼里只有这手中的竹筒

当我喝完这最后的一杯,我还知道旁边的人是谁
他也是一个可爱的小孩,对生人有着相似的挑剔
你和我们都不一样

我以为自己能走,却向大地倒去
地心有一种召唤,只有我听得到
我一次又一次地靠近,只有你把我抽离

我醒来,发电机的声音还在
你也在,我躺着发现自己失去方向
一种烧灼盘绕在我的内心,你寻来清泉
清泉是树叶上的露珠

论一棵柳树的种法

是夜,草坪之上
七八个人围坐下来
讨论一棵柳树的种法

我想到的是
和树站在一起
将土一并埋向我

我必须是它的沃土
离它最近的那一个

在沉默的街道,抱着一棵树,一整晚

我拾起梧桐的枯叶

想起，当时未能说的话
被别离的风吹散一地
疼过，那致命的伤
疤痕犹在

依旧好奇，继续寻找
自我选择的孤独
将我包裹起来，渐渐温暖
十一月不再有风

想象着，如若我们能坐在一起
我会不会心动到，用自己的手指去触碰他的手指
或者抱他一整夜

我想要惊喜，所以先绝望
穿着干净衣服，在没人看到的地方
我不再感到自己不完整

时间还是按时带走了它要带走的
我还完全是个孩子，不再炫耀自己
回到了原本的样子

当痛苦产生共鸣，我的苦海就开始解冻
不要过问我往事，我会自己讲给你听
我依然痛苦，才不至于平庸可耻

为了能看他一眼，而不是照片
我耗尽了二十一年的光阴

我暂时忘记了羞耻,在沉默的街道
抱着一棵树,一整晚

然而我感到哀伤

在一个无比寻常的早晨
我重新站在明晃晃的镜子面前
站在自己面前

然而我感到哀伤
仿佛自己
还被卡在一个狭而暗的角落
挣扎着,反抗着
然后热望一点点耗尽

湖中有落叶

我不知它何时到达这里,停留了多久
还会停多久
就像它不知这是不是它最后的归宿

不管风如何吹,都吹不出这一片湖
岸太高了,有时遇上雨
它不断地沉浮

在这样一个阳光耀眼的午后

大风带来了它的同伴
它们将永远地在这水上,开始新的漂流
完全听从于风,没有反抗

我就要离去,风依然吹着,水波相互击打
泡沫发黄发黑,整个湖不安分起来
一棵棵树跪在落叶的苦难面前

一切存在者
不过是一瞬间的影
因此我没有悲伤

我们去看那些被雨淋湿的草木

是夜,穿过黄色的大门
我们去看那些被雨淋湿的草木

归来,她告诉我
她的那个朋友,有了更好的去路
不再整日整日的,叫疼

我避开路灯,很久
仿佛好多年了,我已经不再提疼

你看不出的,她也是
我自诩演技一流

依然能蹦着,跳着
并试图通过笑声,打开楼梯下的声控灯

事实是,我成功了
然后,开门,拧干衣袖

花开到墙上去了

好像是去年暑假,图文都是那时的
婷和我一道回家,小屋有了人的气味
渐渐亲切,我们穿过一坡的玉米地
去寻找紫色的野花,以及刺梨花瓣上的小壳虫

那时想到很多后来却忘了,所以我需要纸笔
某个时刻,老爹的拐杖靠在门边
我凝视后墙很久
当时说:"父母的爱就像这砖头,不坚固却凝聚,也能挡风雨"

其实是不能的,所以连夜雨的时节
我只是在半夜把床移到别处
一切都是定数

那时猫还活着,竹子没有长很高
我收玉米的时候,它总是来舔我的脚
大黑狗已经很瘦了,它看着几只鸡来回奔跑

花开到墙上去了，竹栏已经挡不住

芦笙响起

在我还没来得及好好道别的那个春天
我曾因为一个物件，一句话
悲痛不已

你走过来
告诉我
你要到山上去，为我寻一些草药

树枝划破了你的左腿
前面的白色狗仔眯眼在草丛睡觉
惬意温馨

稻草人在风中，远远地望着山下的村庄
橙红色的野果躺在你的手上
天空蔚蓝，日暮澄净
月亮在稀疏的芦苇尖上

我透过屏幕看他们，也看你
暮色近了，芦笙响起
村庄明朗，照亮一方土地

此时，三只鸟飞到我的窗口
提醒我，春天早就来了

献身

我躺在一朵花的上面
吸尽那痛苦的小露珠
它颤抖着跌入我缓缓开启的门

它进来,在我的身体里停留了一会儿
疼爱由此开始,我感觉自己变成了一条蓝色的小河
很多新鲜的水流动

而黑夜,翻上了我的窗户
我无法看见一座宝塔的建成
它不是光,是一个烟头
它试探我清澈的中央

空山无间

是疲惫微疼的午后,我们到达这里
未到之前以为到了,再次的拐弯
又是另一条路,电的消失只留给我们微弱的感应
还是到了,腾腾雾气扩散开来
我们都有些冷了,李二哥的长头发
在看到我们送的几本赠书时轻轻颤动
我们吃了煤气做的蛋炒饭,我用辣椒和醋搅拌
竹筒装的米酒,甘甜中藏着热烈

空山无间,流淌着深邃的蓝

走错的路

粉色衣服需要一次遮蔽,金黄稻田围绕着
我发抖着等你问路,把剥好的柚子递到你的手上
那一刻亲密无间,我们退回来
回到选择过的路口,老人们在雨中撑伞
走向一条崎岖泥泞的路,那里安静下来
那里住着一些更安静的人们,他们的鞋子沾满黄土

在黑池坝

这儿有粼粼的湖面
水不知从哪里来,又将流向何处
看起来在漆黑与青蓝之间,混杂着人类的味道

微微晃动着,暗示着一种逾越
新修的建筑无法辨认,无从命名
烈日驱赶下,我们匆匆而过

在这里,年年都有游水的壮年被吸走
这里,紫薇树下的小女孩
对谁来说是一个幻象?就如未来的一次预言
随风飘走的柳絮和树叶,也是

乌鸦

风中枝头的乌鸦盘旋于我的屋顶
越靠近风,越是月光的微颤和晃动的丝丝温暖

在观念里,带来厄运的乌鸦也被诅咒
乌黑,邪恶,不请自来
我们从前坚信也如此迷信这预言

却任凭它完全压在脚下,堵住这道路
在月色的微光里,沉沉睡去

它把风吸入口中,扑腾翅膀,呀呀呀的
在满是同类的空气中,在我的屋顶之上

以空气作为汁液,在我屋顶的石板上
那是长满青苔,满是抓痕的石板

谢云霓

1994年生。现居成都。毕业于四川美术学院版画系。2018《中国诗歌》"新发现"诗歌营学员。诗歌、绘画作品散见于多种报刊书籍。

谢云霓的诗

化妆

上妆：
画一朵桃花在左半边脸颊
刺破眼底的埋伏　把黑变成红
暧昧和悄悄话从眉心低频蔓延
凸起的颧骨和小胸脯一样　都是你祖宗血里的暗示
——斧头与麦子在富裕时代作反诗
鼻梁挂着悬崖　传说这阶梯太低是不旺
于是挥毫一抔泥土填高
鼻头多肉　是福相　刨子再打磨一下
像顺民和鸡蛋那样反光
嘴上没有樱桃　嘴角长草　男相　剃除
你尝试吃下一口苹果　喝下一杯猪血
学习口齿伶俐和职业性微笑
肌肉再松一点　牙齿再白一点　情感再荡漾一点
花儿再绽放一点　开　是嘴唇最机巧的动词

上好妆：
一枚蹩脚的妖人　把布满方阵的风俗画披在脸上

断开的下半身已从表皮开始泄密
请注意修辞和手法　请用雾镜遮掩
起身　如一只高仿的青花瓷　但破碎使我们平等
把瞳孔的脆弱预留给一名素未谋面的异性
好让破碎有一个安身之处　好让"碎"合理而雅观
房间上空插入一段人间新闻　把头顶的桃红吹散
挂钟像一只误闯的皮球　把盛上的妄想打翻

卸妆：
褪去黄昏和春日　感官如夜色疑神疑鬼
卸下　这样身体会轻薄　你不必
终日带着自己的赝品和假睫毛鱼蹿
（手是脸蛋的替身　经历在手上长草
在脸上吐雾　手把真相还给自己）
但享受　在一堆扑克中摸出满意的身份
抓紧口红和心思　为非且作歹：人间可曾赤裸相对？

放松

我还不够老　姜还很嫩
经历过的　也都吞下去了
我想学点让人放松的东西
比如　说话　写字　交朋友
如果一个人四十了　也该放松了
但我才二十几　这时候你让我放松
造句的时候简单点　做人的时候朴实点
抬眉的姿势酷一点　那是伪资深

朋友　那都不是学得来的
还好　我还知道这个道理

画

先漫过这枝丫
向阳的部分是它畅快的发尾
我在背面
穿过这层刺耳的薄膜　世界背着冰箱飞舞
落脚点是某居民楼灰褐色的天台
太阳一咳嗽就落下黄褐斑
然后在一阵汰渍洗衣粉的挥发中观看
一对偷情男女做爱
春风抚慰着一万幅蒙羞的世俗画
"苍天之下　大地的后脑勺跌宕起伏"
几只苍蝇趴在纱窗　昨夜残余的方便面
和一只昏倒的啤酒瓶
像故意示人的屁股一样轻浮而肥硕
听　地铁呼啸而过时　地下的鸽子一拥而上

空房间

这里惯于诉说的空气　生产
潮湿　殷红色　被夜晚折叠成双成对的兔耳朵
暂且搁置幻觉做一个在场之人
书柜前的镜子在午夜审讯一张带伤的脸

你不说也该知道那些皱纹的隐喻
像精通纵横术的雨水恰好经过
停留是短暂的　当年暴乱的现场
像一只不甘的假牙横放在档案袋
慢一点　生命需要流水　和一些悲情元素的粉饰
但凡有品味的结局都会留出一些空白页
呼吸驶离鼻腔时　唏嘘的窗户发出信号
手腕的隐痛　被告知雨季来得三三两两

灰着的都在瞌睡

在两点之间画一条直线
把局部的孤独连接起来
在灰尘与灰尘之间画一条直线
被更多的灰尘封住鼻孔
灰着的都是些雨人
影子　马路　混凝土　灯笼　芝麻糊
那些被放大的灰色——
哑口无言的摩登大厦
是被工人随意放下的
棋盘中　我随意放下几颗跳棋
接着推倒

脸

脸蛋如镜面　说人话也说鬼话

表明：粉底还上得不够厚　口红还应暗一度
脸蛋如纱衣　说鬼话也说情话
嘴巴赶在妆败之前吹起浮萍

脸旧了　脸和自己吵架？左右开弓
脸掏空河水　垂暮的月光在灯暗处望山
你看　山水旧的时候　战败的女人从眼眶潜逃而去

在列车的尽头

在列车的尽头　唱
一个络腮胡男人的歌
假设每一天的爱情在
车厢的某一节照镜子
于是　我留长了头发
找回破嗓的喉咙　念着
与己无关的真理
"在遥远的尽头　还有什么
不可以折返"
顺势　我拆了一把吉他
把耸起的九头身也一并丢出窗外
闷雷作响
精灵飞舞
在列车的尽头　世界刚刚开始
我像一记点穴手　点破山水的城府
放倒拔地而起的高原
在列车的尽头

我辗转在通往未知去处的中央
一块独自打转的旮旯

楼

这楼里是人间
这人间爱恨情仇

这楼与那楼隔一个天地
这楼里相爱的人做爱
相憎的人厮杀

从这里望出去
楼为自己点了支烟
更远处　楼与楼眨着眼睛
这爱恨情仇过于复杂过于武断

从楼的对面望过来
有只乌鸦为自己点了支烟

蜘蛛

老人慈祥　他耷拉着眼袋如年轮
目光里有钝刀　有长生不老之法
他说"谢云霓　你是要进黑社会吗？
你看你的纹身像蜘蛛"

我冲他憨厚一笑　摸了摸蜘蛛
它们的刺如某一年的心理创伤
时不时出来咬我一口

你们春天

四月不过是一副手套
什么也没有　花非花
我负责治好荨麻疹和花粉过敏
那么多的人选择抒情　那么多的手
捕捉蝴蝶　婚丧嫁娶都穿薄衣裳
那么多的蚊子生长　那么多脸颊的桃花
想开放的欲望想结婚的寡妇
那么多　相爱的人赴约　相憎的人试图谅解
是春天使我们高尚　是一个少女的初潮
一朵花的内衣　变本加厉的青涩
发绿　泛红　骨骼清脆　重生的念头
坏人好得过分　好人体外受精
"为生活添置一件新衣！"
是你们春天走错的片场

行走的速写本

少女路过城市的大笨钟
身体被指针磕伤
"她十岁　十五岁　二十岁　二十二岁"

连同往后虚构的几十年
决定与远途的快车结盟
穿过雪白的中央广场
喷泉躲在欢庆的人中间哭泣
古铜色的夜空垂钓失意者的画布

(速写本)
第一张　玻璃房子　下肢沉没的纸船
水母女人与天梯相依为命
第二张　巨大的千纸鹤被困于红色迷宫
第三张　马戏团　白炽灯烘烤着伪劣假山石
第四张　八音盒盛满咸口的海水
第五张　孤独的海洋馆一只海豚在唱戏——
两只黄鹂鸣翠柳

在四维的世界
她是被庸碌耽搁多年的梦想家
谜一样的岁月被速度抹花
黑白棋盘上　国际象棋集体倒下
沉默的一瞬间　决定好卷土重来

风油精　蚊子在素描纸上跌倒
蚊子挣扎　蚊子不再动弹
纸房子和木星一同膨胀
蚊子决定倒下　倒下并梦游

自杀的方式

自杀的方式有很多种
真正用得上的只有一种
五花八门的农药是农妇的方式
而上吊的都是勇者
怎样的死才能体现对死本身的尊重？
在死以前痛苦挣扎
是对死最大程度的绽放
让死在死之前开花
但更多的是安乐死
人们想要的是死后的平静和
对死亡的主宰权
和死的痛与苦无半点瓜葛
为什么要主动死？
世间活的理由千千万万
而自杀的理由只属于小部分
为信仰死　为爱而死
为恨而死　为土地　为社稷
为活着本身而死——
活着的人自取灭亡
在一条无端的路途上
有人选择临时撤回　有人还在卖力前行
有人倒在岔口　有人痛哭　有人哑然
世界之大承载着生者与亡灵
安眠药或者匕首　如果不使出去

就只好使进来

挚友来蓉
——致小翟

我把这酒话桑麻
指着今晚浑浊的夜空我一声长吼
喝吧！喝不醉的都是敌人
喝醉了的都是血亲
你的目光炯炯　慈悲如一把细弓
将这爱恨情仇从水中捞起
爱他们　就要给他们十年花季
摊开一整个春天的桃红柳绿
绚烂如一把打开世界的钥匙
我也曾倾尽所有对准镜中自我
我说　爱要拍案而起！爱是
恍惚的镜头　染红
一位寒门书生　一名富家子弟
爱就是在心脏颤抖的电话线
然后我们　带着浑身的力气奔跑于世
从近处到远处　搭上气流的顺风车
将情书寄居在一架纸飞机上
铭记骨骼的刺青　痛过
才知轻重　痛过
才知活着
活着　就要将自己拆散
留一半爱给最恨的人

留一半恨给最爱的人

这个那个

我喜欢这个那个那个这个
灯亮处　我俗不可耐
这浅薄的白炽灯光像一床天鹅绒的被子
孵化着我：
短小精悍的生活　截取中间部分并且保持沉默
当幸福来敲门　请往玉林一带走

梦话说完
熄灯
某人抽烟　坐在床边翘起二郎腿
她沉默地说：
"不是命苦，就是心苦"

王威洋

　　1992年生,湖北潜江人,现居恩施。2018《中国诗歌》"新发现"诗歌营学员。作品散见于《诗歌月刊》《诗潮》《汉诗》《特区文学》等。有作品入选多种选本及诗歌年鉴。

王威洋的诗

两个苹果

两个失散多年的苹果
同时掉进了别人的盘子里
它们一见面就兴奋
正准备张嘴,就哽咽了
它们当年一起挂在树上
风吹雨打,日引月长
长大后,一起被凶悍的农夫打针
脱衣,打蜡,以强暴的方式
运往各个市场,进行肉体交易
如今它们重逢
带着晶莹的水珠,和衰败的脸。
王小兰此时,拾起其中一个苹果
递给了刚从南方回来的王小梅

一块黑色

我看见被褥上有一块黑色

已经很久了
有时一股微小的力量
藏在它的底部
蠕动。我观察了很久
它有点不像以前的黑色
现在它蠕动着
暗藏韬晦
似乎要颠覆这个世界
我想了想,它虽然动了起来
但它仍然是一块黑色
躺在那里,有时静如死尸
我想些什么呢
它当然只能是一块黑色

玫瑰

在没有植被的黄土高坡上
能不能长出红玫瑰
如果能长出红玫瑰
你能不能在很远就望见它
如果你在很远
就望见了它是一朵红玫瑰
它远远的
在与你相对的那一边
你又知不知道
它的某一片花瓣
要比其他的

更加深邃

盘钟

盘子堆在水池里
它们不规则地叠加在一起
东倒西歪，有大有小
有时候我们吃完一两个菜
继续往水池里添加
时间久了
盘子胀出水池
偶尔我们过去看一看
就走了
橱柜里的盘子
已被抽空
只有一团空气在那里
有一次我伸手，抓了个空
发现时间的沙漏走完
需要倒过来流动

一块猪肉

我正在用狼毫笔
画下一摊生蛆的猪肉
它平躺在静物台上
再配上墨绿和暗红的衬布

如果它是平躺在手术台上的肉
医生会为它麻醉，清洗，缝合
术后对亲人发表科学的解说
可那有什么必要呢
一块生蛆的猪肉
不会在意谁在它的身上动过刀子
也不会在意是否被别人用于抒情
那天清早，潘红艳的妈妈还躺在ICU
潘红艳去菜场切割了一块猪胸肉

三个男人

第一个男人择断桔梗，紫色的叶边
像花俏的裙摆，在渊薮间
叫卖声并不好听，如吹不响的唢呐
被一根绣花针刺了一下声带。
他把糟粕中可以入药的部分拿去换钱
把绣好的图腾摆在微凉的土地
过路的人像筛选嫔妃一样望着一位
并不怎么好看的人。那是七十年代末
他为了买下儿女喜爱的绣花鞋
在青黄的石凳上被冷落了很久

第二个男人把胃像布袋一样抖搂
他显摆着脚盆一般大的胃
能装下无数斤白酒。从村长到主任
从主任到局长，一路的掩杀并没有让他

成为一个理想主义者,而是继续
俯首帖耳地看着白雪在林间抖落
布袋最终撕开偌大的龙眼
空气在烂掉的布料间灌着风
他裁缝出身的妈妈
捂住坏掉的布袋,号啕大哭

第三个男人从没有见过第一个
死于肝的男人,因为肝经太苦
第二个男人每逢重要日子
就带着第三个男人去坟茔里。
鞭炮把油菜花炸得噼里啪啦响
地里的人如油锅上的蚂蚱
没过几年,第二个男人也走了
他死于胃,水谷偎息
油菜地里又竖起了一块墓碑
像面旗帜下的新兵蛋子
在一排排老兵之列
仿佛那空旷中的水流,回环
宛若一声叹息

他的房

他来回以监工的身份
穿梭在即将修建完的小区
木板吸入空气中的花粉
亚红色的砖贴类似于血

一些剩余的泥土
那些眨眼的光
每一间房都有一个任务
没有多余的平方了
刚刚够那几个人挤挤
没多的了
阳光必须亲临死角
有人会演奏巴赫的复调
有人会长眠于此

颗粒感

蚊子在上方
这是夜里,关着台灯
它在夜里煽动着翅膀
声音比白天清晰
它把清晰的颗粒感
带到这头
又带到那头
一遍又一遍地

坏掉的钟摆

十五年前,或许是二十年前
在老城的一座高楼顶端
装裱过一个巨大的钟摆

傍晚七点，新闻联播开始
大钟的嗡鸣，飘拂在
人们的脸颊上
春去秋移，钟鸣随着叶子
吹过整个江汉路
在小区的庭院里回旋
来到屋檐时，我坐在阳台上
从傍晚守望到天黑
外面回来的人
衣袖上沾染了油污
他们已经忘了钟摆的告诫
在我看来，那些等待中的萦绕
含着啼哭。荡漾

春天我在想一件事情

骑车时不需要戴帽子和手套了
墙角的深坑长出枝丫
它去年还顽固地躲在角落里
将双手合十，紧闭窗门
等待自我了结的那一天
谁知道呢，它不仅没有结束
还开出了嫩芽
也许故事的发展
远远不止这么简单
也许角落并不是角落
枝丫并不是枝丫

王威洋的诗

那个戴着帽子和手套
在街上游荡的人
并不是我呢

潜江来的人

在密密麻麻的人群中
我拖着她的婚纱,走向舞台上
另一个维度里。院内的电视塔
历经了几代人的风霜
此时此刻,我感觉自己坐在
时间的摇椅上荡着双腿。
叶子翠绿,熟悉的面孔中
少了一些更加熟悉的面孔
他们朝我敬酒,我们的婚礼
仿佛不与我相干了。我希望镜头
慢慢推移,把人群变得渺小
继而摇向空旷的油菜花田上
在一个特大的全景里
结束属于几代人的记忆

人与物

特别是冬天。
空气中的水结成的冰凌
我举起牙刷,望着浴池外送葬的队伍

他们嚎着丧，眼珠子都快掉出来了
我想到罗兰·巴特
"尸体作为尸体它是活生生的"
他像道具
被哭丧的人用于写生和抒情
盒子里的他因为死又活了起来
把历经的事又历经了一遍
把说过的故事彼此传递
从各个角度
各种立场和起伏跌宕
直到他被塑造得更加立体和结实

沉默的哑巴

沉默，我不明白
为什么会这么沉默
在记忆里，我是那个一放学
就回家紧闭房门的人
有时我会听见妈妈在门外抽泣
可我依然撬不开这张嘴巴
是什么让我们停止了沟通
什么时间和地点
那天我把妈妈买来的零食
砸在地上，喜之郎果冻
被砸得稀烂
她躲在门外哭
我躲在门内哭

我们还是一句话也没说
我把稀烂的果冻捡起来
往嘴里塞

查找

与此同时,你走向另一间房
我也背对着你的脊梁骨
用一张半黑半白的脸
寻找落脚点。真的不一样啊
即使是两张相同的印刷品
也会有不同的温度和文字的波动
我们只不过要在字里行间
翻阅、查找出相同的字眼
放进碗里,放在时间和距离
恰恰好的嘴边,在 23 点 39 分
我们共同走出房间,坐在桌前
漫谈

长钩子的舌头

猫舌头把地面的毛毯勾起
我第一次看见,它并非在舔舐眼中的秘密
而是用另一种方式寻乐
毛囊在舌头上发芽,些许恐慌
像一个嗅觉灵敏的人失去了双眼

还能在夜里跳霹雳舞
嗯。夜里我们各有各的方式
或者说，各有各的道理，把道理
放在夜里，它就有一百种道理
我说猫兄，明年的三月
不仅是春暖花开的时候，更是
你发情的季节，这仿佛又是一个
逃不掉的道理

雨后

雨停了很久，让不言而喻的假设
成为真实，野山猪回到丛林
没有丢掉生命，和一身结实的瘦肉。
打猎的人，我有一颗心脏
在发芽，梅花开了，一两个人
站在枝边拍照合影，纪念 2017 年
的死亡。以此阐述，猎人来过又走了
泥土潮湿，被塑造成不同的形状
岩浆翘起，狰狞，它看起来
超过了人的年龄我的内心
没有一支枪口瞄准爱情
路过的人看得见，凤凰栖满枝头
路过的人背着猎枪，携着高脚杯
等待活着的凤凰，坠入人间
等待疯狂的爱情，落入婚姻

刘阳

笔名独孤长沙,1991年生,湖南衡阳人。2018《中国诗歌》"新发现"诗歌营学员。作品散见于《中国诗歌》《星星》《山东文学》《诗歌月刊》《诗建设》等。与友人共创90后诗歌团体进退诗社。湖南蓝墨水诗群成员。

刘阳的诗

江边闲散

"绝不能让肥胖,颠覆了整个盛唐"
想我最瘦的时候,才五斤八两
从核六所背后的出租楼下来
阳光已经不多
解放大道的东风从 1948 年便开始吹我
吹我的老父,也吹我的旧林
垂柳像不像一种绝症,你说。再临江
无非赋一首《浪淘沙》。倦鸟与情侣
凭栏仍可干许多的大事
梳羽,晒翅,交尾……似乎来不及热爱
落日急速的溶解
试看我广场大妈比起公孙娘子的舞艺
如何?终究流落江湖
这又何尝不是船只最好的归宿
闲散者七八,垂钓者五六
卖艺者三四,倒骑白马者一人
暮色下,我瞥见两只小狗
初次邂逅,便蹭在了一起

论及品种，血统
却又被女主人强行拉走
一步一回头。我陪都的妻子
曾用尽一生的勇气，把自己交给爱情
而今，静坐于石鼓滩头
只能望着对岸的楼盘
一幢幢，一幢幢，茁壮成长……

与陶渊明

胡人南下，带来牛扒，也带来披萨
我只喜欢坐小马扎，吃糖醋大鲤鱼
在江左。吃什么不重要，重要的是
姓什么？琅琊王氏，或者陈郡谢氏

旧时。我们便已滑入大超市。称重
分类，计价，打包。小紧张小兴奋
使我们更像一件崭新的商品，供人
挑选。九品中正制，欢迎您的光临

祭酒，参军，县令。米不过五六斗
腰肌劳损与肝硬化。我更喜欢饮酒
空旷的九月，唯有菊花菊花与菊花

淡化我的忧愁。阿潜，我告诉你吧
我正在磨一把宝刀，待到秋雨决绝
便从红星村连夜杀到彭泽杀到建康

蓝色推土机

1.0 版

九岁那年,一辆推土机
拖着沉重的履带,突然闯进我的童年
把我铲成一个光头,便扬长而去
马路被压得吱吱大叫
整个村庄都在喊疼

2.0 版

由爬行到直立行走,似乎只在一夜间
这慈悲的钢兽,伸出长长的手臂
正为我们一遍遍地剃度。田野的菜花
山坡的牛羊,以及稀疏的胡碴
庆幸的是,我的身高仍不及车轮

3.0 版

山外青山。为何只选择蓝色
隐蔽性与安全感。使我们需要更高的高楼
终于,有人在屋顶,与落日连干三碗
汽油。没有蛙声,也没有蝉鸣
有的只是"请注意!"有的只是"倒车"

最后的雨

剩下的日子,必须交给季风
交给牝马,去完成

阴云统治下的庄园
汹涌的爬山虎,占有
我全部的额头。松针
正一点一滴地消灭自己
时间绝不容忍
我们只以一种形态存在
女服务员反复地催促
"快点,快点,再快点"
一场暴雨正在我的体内

我深知,我正在变坏
也正在变老
也正在失去整个夏天

夏日来信

别来有恙。想起河边煮雨的那个下午
水杉未渡,榴花已熄,灰蝉格外谦虚

往事如乱云翻滚。有人远走长安,有人搬回南宋

这一生,需要太多太多的别离,用来变更身份

山岳隔着昨日。你看那楼有多高,愁就有多重
朱门,贵妇,金毛犬。俱欢颜啊!我的子美兄

茫茫。多少个夏日,已如流水般划走
而我必须骑上第一匹落叶,抵达深秋

唐朝的下午

唐朝的下午,不一定就是长安的十六七点
但必须是落日圆。安息的落日,哥勿的圆

唐朝的下午,两只黄鹂与一行白鹭尚不可烹调。生鱼片
开始流行。大晃白,舞梨花。唯有鲤鱼,可免一死

唐朝的下午,妇女不束腰,不裹足,可以抛头露面
斗花,骑马,蹴鞠,品茶。离婚,更是家常便饭

唐朝的下午,男子不事生产。面首逐渐成为一种职业
肤白,貌美,性柔。非器大活好者不录,拒绝口足腋臭

唐朝的下午,龙襄体也曾盛极一时,非挑灯夜读难以明了
妓女因诵得白学士《长恨歌》而身价大增,且概不还价

唐朝的下午,李龟年流落江南,落花时节,呕血三升
十八拍,胡旋舞。三百斤的禄儿将帝国抽打得如一枚陀螺

唐朝的下午，天空被重新切割，诸侯热衷于拼图
鉴真大和尚远涉苍波，六渡扶桑，带走慈眉与善目

唐朝的下午，从八楼望下去，已是大暑。国破山河
在衡州的监狱，我关心我爱的人，也关心我恨的人

某青年作家百度百科

四十四岁，因保养得当
仍坐在青年的交椅上
写诗用假牙押韵，白发修辞

简介在手机屏幕轻拉一下
便滑出足足两公里。伟大

已粗具雏形。头衔七八个
一年四季，轮换着佩戴
兼有补中益气之功效

四百万字的著作，堆积如山。如果
此刻崩塌。我一百六十斤的身体
也只配做一枚书签

青山有幸

登高而望,骤然膨胀的
是我翠绿的慈悲之心
行路将慢于时间的流速
地质变动的伤口,遂成为一种美学
遂得以观赏。南岳七十二峰
起伏如一张心电图
七十二处危险,七十二处疼痛
而我们早已深陷其中
不知病老为何物
不知雄鸡以何种发声去敲打山谷

原始的耳朵
需要卵石去敲打阵阵流水
一次次重圆,又一次次破碎
艰难的自我修复啊
道一声无情!再道一声珍重!
一路狂奔而去的
竟已是昨日你钓起的江雪
我的额头正提炼出一场暴雨
潦草的一生,从未如此富足
旧云埋我,新雾也埋我

立冬·我们从未享受过任何屈辱

对不起！我又提前预支了整个冬天
就在前日，风雪还未进城
远方的雨水，淅淅沥沥
终于落在了故乡，落在了塑料窗檐
一种漫长的急迫，敲打，滴落
时间因此而变得有形
一个人的下午，被无限拉伸

那是十月。在长沙的地铁
我接到来自广州的陌生电话
他说他是我堂哥
他向我打听一位老中医的下落……（信号中断）
之后，他选择切除某个病变的器官
千里之外，我仿佛听见了病床上年轻的疼痛

时至今日，我仍未编织好谎言
也没有寻到一剂良药
更不敢拨打那一串虚弱的数字
犹记儿时，青山负雪，冰凌交错
我们一齐享受过白，享受过冷
却从未享受过任何屈辱

与妻书

如果我是皇帝,我就让太和与东阳渡合并成一个镇
如果我是藩王,我就让奉节与珠晖合并成一个县
如果我是诸侯,我就让重庆与湖南合并成一个省
如果我只是农民工,那我只能小心地揣测天气,在你的脸上
修筑堤坝
并且告诉你,我正在考取功名

离人辞

你看,今夜的月光
简直就是,一败涂地

镜中,那人猛力擦拭
他的黑,他的穷,他的丑
甚至童年

而后,赶紧下楼
赶紧将一辆颓废的电摩
骑成一艘蚱蜢舟

慢点,慢点,再慢一点……
核六所过去是市政府
市政府过去是华新汽车站

而华新汽车站过去,便是霜降

梨花辞

大风吹我。催我开,催我败
也催我像一朵梨花般,归来

小雨中,二月尽白。母亲常在
一把啁啾里,与鸡鸭嘘寒问暖

谁说草木无情?庄稼应比我
更为孝顺。赡养老父,坚守故乡
一年的流水账,等着我去表扬

花落别离,她总是最先转过头去
用眼睛代替梨花,继续哭泣
直至前年,我于重庆移植来我的妻子

大风吹我。催我开,催我败
也催我像一朵梨花般,归来

病中辞

断断续续的雨,使我忘记
她仍有一颗穿石之心。我曾见过

断断续续的爱情。断断续续的
绯红。她需要

一双玻璃的高跟鞋子。练腹坠,打太极
什么是温柔?什么又是害羞?

有时,我咽下一枚落日
却不与任何朋友,干杯

私奔辞

采菊的下午。我也曾白过,云过,消失过
黄昏并不关心我以何种方式进入

一家奶茶店。你好,我需要友谊的玻璃
需要一根直抵心扉的吸管。勺子轻轻搅动

糖与微笑。旧天气一味侵袭我们的双腿
船只,摩托,绿皮火车。新的时间

正在你的腕上。你飞,蓝是你的
不飞,你是蓝的。漫天的落叶

滚滚而来。为此,我需要挑选一对薄翅
为此,我不介意再死一次

成廷杰

95后。闽南师范大学文学院2015级本科生。兼事新诗写作、小说写作及文学评论。2018《中国诗歌》"新发现"诗歌营学员。参加2017《星星》大学生诗歌夏令营。作品散见于《星星》《中国诗歌》《福建日报》等。获第七届、第八届"包商银行杯"高校征文诗歌组优秀奖。

成廷杰的诗

自画像

一直都像被弃之旷野的那块顽石
拒绝被打磨,拒绝圆滑,不止于此
更不愿自怨自艾,我要聚集浑身的气力
像一股偏激的水,不顾拦阻,一意孤行
阅尽山形险恶,走投无路时,就学落日
跳下悬崖,撞个粉碎,在谷底
被放逐于此,郁结不平之气,我的两片肺叶
一片用来呼吸,一片凝聚尖锐
与之针锋相对,同敌人相遇,独木桥上
说客来访,拒之门外,或者一把推下
深渊,如我的决绝,是匠人反复锤打的
铁,对称的力震得他手臂发麻
隐隐作痛如我的顽疾,一生都在
寻找药引,比如一团火和另一团火
它们互相驱逐,我和我的
一生不断蜷缩,变成
一副反骨,到最后
空空如也,只能借石头,水流,火焰

这些喻体，显示自己的精神，
纵然是短暂的停留，也让我有
寄人篱下之感，我要冲破
万物的形式，回到自身，我想
除了母亲，没有人可以容得下我
这，长刺的孩子

迷途说

偏爱沉默，相信人类以外的一切
事物，自成它们的方圆
我走近它们，仿佛就是侵略
安静，而此刻，谨慎地走在一条小路上
它像一道幽微的光芒，节制而深刻
伸向丛林深处，却突然停止，失去方向
现在，有更多的方向发生
每一种都意味着可能
可能也歧义丛生
而中心业已丧失，我努力猜测着
回看这条小路，它究竟存不存在
莫非是随我而来，或者它早已有之
它的长度是有限的步数
我若往前，它也延伸
我无法退缩，它也一样
我模仿它？它模仿我？
假若把它作我生命之路的象征，于心不忍
还之于自然吧，它是它自己，它有它的命运

就像虚无如空气环绕着我,万物也围绕着我
如若从前,我必定躁动如火焰
周围的事物早已染上我慌张的神色,它们像镜子
呈现着波澜起伏的我,我呈现着世间的风吹草动
可是,一路走来,反复练习,我早已冷静如冰霜
在万物之中出现,你也将消失在它们当中
这么想的时候,有一股风和另一股风
它们对撞交流,追溯彼此的来向
而我停下来,仿佛变成了一棵树
那么多的安静从我的身上发生

痛苦的完成

肠胃不适,你开始
避免触碰到某个痛点,小心动作
那感觉就仿佛
你在结冰的河面行走,你的心
如悬空的寺庙,被什么托着
又感受到一股下坠的力量,你的身体
发热但突然又有冷意侵袭,如果这时存在
一棵树在你的面前,你会选择摇晃它
把它的树叶全部摇光,落叶一片一片叠加
痛苦也一分一分逃脱,但在想象中
你依然无法置身度外,你看到了
尖锐的自己,被更多的尖锐刺痛
你看到你的局限,你的力量
只能支持你把铅球扔在同一个位置,反复如此

你垂头丧气，郁郁寡欢
更多时候看到了必然的消失，那么多的生命
它们如北方的山脉，一到秋天就落发为僧
你亲眼目睹了草木一次次像人类一样思考
并且反复失败
你开始坚信未曾谋面的力量，它们是悬设的存在
你在痛的知觉中把一尊佛送进体内
你如此迫切地避免疼痛，以至于
不经意间，你完成了疼痛的主体
一次人称的置换

悲欢的形体
——兼怀冯至

黑夜是一块巨大的墓碑
星星是墓志铭，闪烁其词
它们消失时
夜晚是一块黑色的无字碑

并不能远离悲欢
即使肉体成为泥土的一部分
沉睡中的我依然会——
当一些人路过我墓旁
我会努力开出鲜艳的花
当我所憎恶之事发生
覆盖我的土地便会荒草丛生

你看，即使肉身幻灭
我的灵魂继续以悲欢的形体存在
就像丰富的痛苦和经验催促向晚之人
生出雪一样的白发

你会默认一种力量，我们
一年一年驱逐坟头上的荒草
它们仍然会固执地再次长出

夜晚

这是每天都要走的一段路，空气并没有任何波动
一切都像一个人穿过一条冗长的街道
两道高大的围墙如绝缘体拒绝了惊心动魄的
新闻：也许还遇到了一些人，但和往常一样
并没有停留的必要，这只是千万个时辰中的一刻
甚至感觉不到丝毫的流动
仿佛被注射了镇静剂的夜晚，他只是完成了一个
简单的动作：从桥的一边走
到另一边，这中间，并没有发生什么

明月夜

辽阔的大地，以北是
江流，我们的船，再往前划，就到
渺小的江心，有心跳，一只酒杯摇摇晃晃

有蝴蝶落在杯沿,空吟
处江湖之远

现在,我是站在酒杯中的
那个人,望着
蝴蝶,望着
我,站在自己的血管中,
渔火枫林烧得正旺
而月光分食我。
就像江湖把我和亲人推得很远很远

生病的玫瑰

年关将近红色大门撕不下自身的
黑色封条锈迹斑斑
玫瑰花覆盖着你的身体
摇摇欲坠
手术刀锃亮切下灯光中你的脸的恐惧
它贫瘠的血色扒开神的眼睛
热气　蒸煮着冷静的吊瓶
而它的内部是一条鱼游动
努力在冬天留下深刻的冰面
雪花歌谣飘了又飘
水失去脆弱的精神
凝聚成
上帝的眼泪
一滴一滴注入你贫血的中年

石头和烟火

多少次飞鸟的惊颤擦亮了骨骼的腐烂
我必须微笑地拄着断羽去拣凝固的烟火
纷纷而下的天石剪落云端的风雨
我必须扯碎惊唳　用荆棘系牢时间的重量

太阳从大海肋骨中盗汗
我们夜以继日妄图砌成云端的飞檐
却有不计的重量在遥望中火化
燃烧的还有半路的役夫
谁打开了窗户
抛下了烟火
我躲开断臂的力量

公交车

公交车是城市的玻璃眼珠
四处张望是他们的步伐沉重
像它的轮子
碾压陈旧的广告牌和粗糙的手
捡起打工者的　小贩的，妓女的
尊严　外表光鲜的报纸
裹挟着娱乐新闻　经济指标以及廉价的麦子
性感地散发着后现代荷尔蒙气息的身体

拥抱钟点房　廉租房或者摩天大厦的玻璃腰
它太过纤细　承重在你的喘息之下
它拥挤不堪
却有更多的而且是源源不断的行李塞进
城中村或者中产阶层的
衣柜
咆哮变形扭曲的木质柜门的脸
长满伤疤和还没有收割的事件

终南山

最好有一场大雪覆盖
终南山，我还有你
A，这样叫你
有些庸俗，像日常
休闲公路车陷于忙碌的惯性
精神　难逃劫数
无法抽身
你看　那些峭壁上攀缘的猴子
玩世不恭　多么可爱
我们盘膝坐在林间
只要阳光穿过
桑叶就尖叫

最好有一场大雪覆盖
终南山，下山的路
如天上的银器脱漆

色釉经纬足够高
足够冷
沉到水中的白光
从冰床上浮起　换气
我们从彼此体内盗取
火种　梅子
乐此不疲　相互催熟
冬天的终南山一片荒凉
白手起家
我毫无建树
只能隔着一层玻璃
看一条鱼
拥有双重之美

南山寺

南山寺，我去过很多次
但我没去过唐代
去唐代的路太远
我还没准备好盘缠
去南山寺的路很近
唐代的人却来不了
很多唐代人在去南山寺的路上
行踪绝灭
很多人代替唐人走在去南山寺的路上
络绎不绝
很多人走在去南山寺的路上

分不清是今人还是唐人
很多人都如履薄冰地走着
很多人都小心翼翼地活着
很多唐代人都抱着一颗愧疚之心
走在去南山寺的路上
很多人继续抱着唐人之心
走在去南山寺的路上
但很多人里只有少数人
能够去得了南山寺
去得了南山寺的人
一定是无限的少数人
他们,超越了那些堵在路上的人
最先到达了那里
他们和他们走的是同一条路

镜中

镜中你表现一副成形的反骨
命运敲打它有山寺之钟声
它们一点点散失,逐渐变成
天上的星星
有的离得很近,有的相去甚远
它们严密地布置了
我们生存的背景
有一只蜘蛛模仿宇宙的秩序和道理
倒悬在自己织就的蛛网里
凝视闪烁的群星和永恒的疑团

慈悲之心让它应有而存在

你不断修缮的寺庙里：住着
一个小和尚：他是你的理念，
你的反意，被皇帝囚禁
他知道你不是勇敢的剑客
所以你不必前来解救
你只需定期给他置换一把扫帚
并且送一些形而上的云
他脚下才有悬浮的凭借，去采一些雨露
做一次大的反清洗：为你的精神
也保全安坐的佛像，不使灾难劫掠诸神
而轻易地熔铸为：易损耗流失的铜钱
因你有雪充饥，无需盘缠
为保全你的无所惧，无所有
如此，他才能为你和死亡赋形
你才能带着包裹善良的野心
去追赶虚构的桃花，乌有的景象

韩子

本名唐洁,1995 年生,四川广安人。现居合肥。

韩子的诗

缺席

我是迟到的那一个——
在梦中,我甚至找不到我的
教室和座位。
直到铃声响起……

时间催促着我,
像农夫在驱赶一匹马。
那无形的绳子,总是迫切地
把我向某一个方向拽去。

它混合着童年的记忆
和恐惧。
一个巨大的回声:
有一件事,我必须去做,
有一个地方我必须到达。

即使,我并不知晓
哪一个位置是属于我的,

哪一个地方是我应该去的，
而我已经缺席？

蜷缩的猫

它趴着，长长的一条或
月亮弯曲的 C，与桌面、地板
没有疏离。
黏稠地粘在这个世界
如温顺的药丸从你的喉咙滑过
一直到底。

我一遍一遍地抚摸，确定
它的存在——
多毛的身体，带有几根硬刺。
不同于微小的花，
一股温热——

我曾无数次感受到
事物的冰凉、柔软、坚硬
粗糙和滚烫。
但不论是我的手，还是脚掌
用身体，还是胳膊。

我都清楚地感觉：
这是物体之上的
触碰，而我在它们外面。

有别的东西
正轻易穿过那条缝隙。

草木深绿

草木深绿,伸展各自的
身体。细长的叶子如
旧式女子的眉毛。
或椭圆,像厚实的小手
婴儿般固执。

黄色的雏菊,蓝色的
鸭拓草。散落在绿色的地毯
以星星的方式
闪烁,随轻风变幻位置。

风把遥远的事物带回
如同潮水返回海滩
在黄昏,它们和这些花草
有着相同的美。

但蝴蝶
只做短暂的停留。
日子撕落黄叶,我似乎
总是即将启程。

夜宿

瘦弱的树枝以细长的阴影向上攀升
穹顶——弧形的灰白之罩
我躺着,不是朝上生长,而是
尽可能的低

低到草木退还色彩,微弱的昆虫发出响声
不远处的森林和灌丛
静默不语,表达出存在的黑色。

就像夜晚被削弱了
只呈现出黑白
一切都不知名,万物站立
纯粹如石头。

但也有某种欲望
它们脱离了形体之上的装饰
似乎愈加真实,嵌在天空
如不肯消失的骨头。

而白云仍在移动,它走后的天空
已变得更暗。

光束

风摇起绿色的波浪
白鹭在晨光中,落入了竹林。
寺院的每一片翠瓦
都盛放着,麻雀
吞食的光束

我双手向上,摊开
如一个器皿。此时
它和庭院里
那些凹陷的石槽,碎碗
并无差别,接住了一些雨水
和灰烬。

我品尝日子的滋味
像咀嚼一片青草
一粒小麦。
它们靠近我,如同海浪
涌上沙滩。然后目送,
一只鸟的离去。

康承佳

90后，重庆人。武汉大学研究生。作品散见于《诗刊》《星星》《草堂》等。

康承佳的诗

与世书

你无法不经由怀疑抵达生活
像河水回到两岸,以分子的形式
深入万物

终有一天你更会热爱庄周晓梦
热爱得鱼忘筌,忘记蝴蝶和鱼的寓意
回到事物本身最原始的起点

你知道的,十月远比我们想象的
要温暖,要残忍。你知道的
十一月依旧是一场结局注定的摇摆
晃荡在今年新雪之中

傍晚和母亲通话

北风不问故人,自西北远下东南
当枯黄奔向梧桐,我们也在

浓重的阴影里摇摇欲坠

突然就秋天。突然就想给母亲打个电话
我们聊起重庆的天气祖母的旧疾
聊起一场雨和土地相关的记忆

聊起丛林，古井，小时候的路
美好的事物，从来都是那么遥远那么深

其实风声比雨水的忧郁要盛大得多
在此期间，母亲由中年
突然就陷入了暮年

先生，我深爱万物有你

先生，今晚夜色温厚
一如你的秉性。爱上你
我原谅了武汉时而的寂寥与落寞
月色如水，足以担待湖北万物的孤独

先生，你读信时，长江正从远方赶来
在江汉滩两岸起落。先生
见字如面，句子里存有我指间的温度
还有词语深处秋天对人类的宽容

先生，十月，枫树顺应着季节交出红叶
梧桐委身于枯萎。美好的事物总是那么轻盈

你看，你多像它们，沉默而深情
一个人的时候，总是借色泽供出小小的慈悲

写给母亲

妈妈，喊你的时候，武汉已经秋天
本质上而言，季节只是时间和界限
与我们无关

妈妈，长久以来
生活变成了一件勇敢的事情
但我并没能因此变得勇敢一些
无路可走的时候
我总是在深夜想起小时候的村庄

妈妈，我的脐带连着你当年的疼痛
而我醒着，借新的疼痛盖住老的一重

妈妈，"流年并无新意
经年只有旧梦"我多想回去
从武汉到重庆，从故土到子宫

深秋

深秋，万物背负着深褐色的骄傲与命运
父亲也在其中，守着炉火的贫瘠

和它们，相依为命

风起时，悲秋之感其实是一种真实的温度
秋天也总是借温度加快我们的渺小
祖母在院子后面，拨弄着明天的粮食
一下子把我拉回多年前的秋天

夕阳依旧挂在皂角树上，带着某种神谕
理解着人间烟火。祖父还活着
断断续续说着夏天还没说完的话

你是我夏天的起因

当冷风奔向东湖
当枯黄守住一棵梧桐的晚年
先生，怎么人间，突然就堕入秋天

其实秋天该拿来见你
或者一起做客北方
忘记世间浩大
忘记世事艰难

或者给你写信，先生
写夕阳下的废墟
废墟外遥远的群山

似乎需要更多的留白，在一张纸上

留给三月的梨花冬天的雪
留给闪电的孤绝和海浪的空旷

先生，你所不知道的是
你是我夏天的起因
因为你，我深爱人间所有的美好和徒劳

矮墙短草

十月老瘦，在武汉尤其如此
光从法国梧桐往回撤
退回枯枝，落叶
退回一只蝉的暮年

雨水，时而生发
在午夜，借潮湿的温度
将你我包围。身在其中
我们都共同拥有，草的命运

陈航

1997年生于海南澄迈。作品散见于《诗刊》《椰城》《当代教育》等。

陈航的诗

雨事

雨往下坠,就如他进入悲伤
多年来,他疾病缠身
他的体内下过无数次雨
起初是小雨。墙上的肖像画,日渐模糊
夜晚的到来,即是雨的放大
撞击屋檐,扰乱火的秩序
——落叶在炉膛里燃烧
但火焰时大时小。他将他残损的事物
也扔进炉膛。他希望
将孤独与恐惧从夜晚中抽离
但当雨滴触及大地,他与火焰
完全地被沉默的水滴淹没

冬眠者

睡眠存在于水的夹缝里
你一出声,冰雪消融

很多沉睡的事物暗自发声
雪慢慢融解

力度的强弱，关系到
一件事物破碎的程度快慢

我是中间者
发出的声响，不大不小

庄稼人

收割。我拿起镰刀干净利落
即将被收割的是泥土，河流及庄稼
太阳暴晒，信仰搁置高地
我落刀，切割泥间密麻的老人斑
河流多余的波纹，占据额间大半地盘
我打败河流，植入绿水
庄稼已经成熟，但成熟里
一些苍老的事物悄然而来，我无法摆脱
枯发的降临，及山河的隐痛
我剔除旧物，在春天里
打算再活一次。庄稼人
他的一生，需要独自反复打磨一把刀

清晨

打开空气，往外投射的是
宁静中的喧嚣

一道光，脱离黑夜的轨道
进入鸟鸣的声线

我打坐，盘点脑中的种种不安
用一根针串联

曾经这里水路清晰，我乘船
往东进入大海

到达彼岸，一座岛的孤独
沉默于我打坐的声响

一些声音消失了

你走时，江河停止了湍流
我的身体沥干，逐渐靠近一棵树的枯黄
那断裂的光，在众多的虚劳里
隐藏雨丝绵绵的脚步

我所失去的，是一座岛的面孔

礁石。水鸟。
被拍打与啄食是生长的骨头
野花。森木。
她们暗自发声,占据空洞的海面

这个深秋,我需要冰雪
来刺激我的伤口。我需要一场雪的消融
来叫唤火苗,将衰老的皮肤
在黄昏里暂时封存
然后驯养一匹野马
亲吻石头的裂开或沉默

在山上

我目睹明净的月亮,撒出一片白
在树与树之间,影子争夺故乡
白马就此被驯服,我安居于其中
然后残夜摇摆钟声,我剥开时光
身体反复接受一场到来的秋

落叶飘零,河水断流
穿过山峦的风流出土地的空旷
我和盘托出嘴角的烟火
在悬崖边,试图抵达月的唇齿

从上往下看,很多事物进入小的漩涡
比如,你

比如,村庄
火车轰隆作响
穿过牧场,穿过高坡,穿过盆地……
最终穿进我的身体

山水中隐藏的惯性

透明的风,习惯在窗外
凝滞于雨的痕迹。我往外看
水滴里的山水,模糊不清
正因如此,我把它想象为故乡里的山水
故乡里的面容。在山水里
总藏有些惯性。比如,上山的道路
延伸到了我所在的铁轨下
比如,小镇的水,此刻在窗外流淌
我开始慢慢地对一些事物停止了想象
但一听雨跌落的声响和车的鸣声
我就成了山水中惯性的一种

江境

本名闫慧飞，1997年生，河北蔚县人。就读于郑州大学。作品散见于《中国诗歌》《山东诗人》《信阳文学》《中国汉诗》《元素》《河南诗人》《当代教育》等。有作品入选《中国大学生诗歌年选·2018》。获第三届元诗歌奖。

江境的诗

鹰,我从未见过

我走,我从未见过的
一只鹰紧贴我走,我在楼梯止步

我止步,我从未见过的鹰
停落在窗口。我弥漫到月光飞行物

我进入冷气,我从未见过的
冷气溢出一团羽。我比对一只鹰

尖隼的眼拼接着嘴,我擒拿
被施展动物格斗术。我咬牙

正坐一块石头,我从未见过的
一群鹰背对我直立

麟鱼

我重复醒着,为了返回
未被凝视的街道,我打开灯
又把它拒绝掉;为了这短暂闪光
我重复抽水,移动一块
巨型的石头。我被它压住

发生气喘和失忆性咀嚼
我用急速的餐厅安顿群流的病宴
从肺到输卵管,我重复取消
繁殖的动作与落叶的山
我重复离开我捉回的蝴蝶

为了距瀑布更远。我吞咽火
重复幻想:被她吐出

寺

马车要开始驶入,下山的路径
被两个村庄包裹的玉米地
震动着气味

蜂鸟逃了出来
从极湿的海。她打翻了一柱很长的

热。线装书剥离开
甚至,她在我的背部
与她的男人决斗

生活地理

天气变化,引动
重列车经过我的喉咙
黄河大桥架设在胃的出口
他说:不到黄河心不死
土地淤积震动我的咳嗽

一次远眺足以转移
要保持的饥饿感,在电影结束之前
你挥手示意。台风折断了玻璃
是海水波及了我们吗?
还是,我被它波及

鸟开始上升,语言漏出烟雾

陈凯啦

1997年生于广西陆川。就读于广西师范大学漓江学院汉语言文学专业。

陈凯啦的诗

春

我不屑于讨论这世间关于春天的命题
犹如飞蛾投入火　月亮投入海水
我尽力维持着与这世界微妙的平衡
怀抱拥挤　然后把自己挣开

刚刚好的桃花溪里浮着一只鸭或者一尾鱼
哪有那么多"春江水暖鸭先知"
寻个潮湿的地方一头扎下去
春天　就来了

孤寂的孩子啊　能够仰望天空是一件幸事
女人的胸脯上　必然浮着一枚弯月
如果这春天的罪恶能够饶恕我
我也必将伏在这广阔的大地上
弃笔从耕

行星

今日七点,大雪
我没有起身
雨下了一天,雪下了七天

我总在梦里梦见一切崩塌之物,包括自己
可惜的是时间太长,我又腐朽迅速
而呐喊,仿佛是一件
遥远而又不可追究的往事

如果有一粒灰尘和我的轨迹相同
哪怕是暂时,我也欣喜若狂

今日十点,新闻正好响起。播放
"一颗行星正经历一场雪崩。"

酒

喝酒的动作,像在捕捉一尾鱼
她说。是灵活的,所以需要使用诱饵
把胃里的火把一一钓出

火燃烧得旺了,就升起来
成为太阳,月亮

成为别的东西，使黑夜从山坡上滚下来
让一朵花成为一个男人的春天

像千百个人摇晃同一个破碎的我
姑娘。她这么呼唤

可我不是。

罗宾·威廉姆斯

我的身体里有三个人
两个女人，一个男人
女人对另一个女人扣动扳机的时候，我在场
加特林机枪，圆筒，1962 型
子弹以一分钟一百码的速度击穿心脏

子弹射出去，弹回来
男人女人反反复复起身，坐下
此刻，不适宜儿童奔跑
任何一根针都可以成为一把刀

奶奶

她把身体蜷缩成干瘪的圆
把愤怒、愉悦，以及每夜打开门的目光
小心地藏进褶皱

偶尔拿出来，就已经变成泛黄的老照片
或者，是喃喃时语气里的感慨

牵着她的手时，我仿佛牵一个孩童
重复走路，重复学习使用手机
重复秃了牙床的大笑

隐疾

午夜，无话可谈。
我与疾病耳鬓厮磨，它总是强迫我起身
看时间如何撕碎一百个月亮
拼成白昼
而今夜，月是圆的

我开始放弃睡眠，写断断续续的诗
固执地不说——早安，晚安
在另一边，或许有个和我一样的人
因为对温热需求得不够
便被长久的疼痛敲门算账

今夜，月是圆的
而我的隐疾正把我豁开一道口子
把我二十年的嚎叫
一股脑地塞进身体里去

人间

人间是鲜奶与粥共煮的浓稠
装进罐子里,售价三分
昨夜,雨水还未淹过我的一半
午夜时分,天空正好阴沉
仿佛子宫所包裹的颜色

我把月光听了十八遍
然而没有扬州
把月亮吞下,吐出婴儿
远方,流淌的河是女人

诗人说,在桂林购得大衣一件
五公斤,恰好是人间的重量
然而兰波说,光阴短暂
阳光终究会踏碎人间

空空

本名陈圆圆,1991年生于内蒙古。自由撰稿人。

空空的诗

去年旁

我厌恶他,基于许多正当的理由
比如他庸俗的劝说比如他絮语的催促
但只要想到他如果死去了
我便再也不是谁的女儿时
我义无反顾地原谅了他
没有什么像山一样平静
在这块土地上,只有我们两个人
占用过这样一种关系

不只是这样

闭上眼睛
不,其实我从未睁开过它
我对世界的探知不来自视觉
我的耳朵替我临摹所生活的地方
"风在四点钟刮起"
从钟声和树叶里开始
它像一只硕大无比的波斯猫

敞开肚皮接上你回家来
我能听到很多的声音
不过不能——对照
像你说的,我也许把孩子的哭声
当作了橘子落地的声音
因为我也不知道橘子和孩子是什么
我不能与你建立词语上的默契
我只能在你也不懂的世界里挥动长矛

我不知道为何是梅花落下

南山里的松露
集体从叶根滑向叶梢时
梅花便落下了,我不知道为何
是梅花落下
为何尘土之中只有它
踽踽独行

食客

食客,从我的门前走过
他没有讨要一粒米饭
我叫住了他,向他问好
风穿透他的身体
他耳外的声音旋即走近了我
那是一种难以言明的错觉

我因此掩面而泣
为何不向我讨要点什么？
食客睁开皱巴巴的双眼
他仍旧看不到我
打野外飘来的腥味填饱了
我的味觉。我再次提问
为何不向我讨要点什么？
他张开他的口哑然对着我
他一无所求，我却不是

石榴花

错过了，这是久违的一回
最后的旧茬，又一次开始尝试
不可测量的生疏。石榴，甄选过后
渴饮了这个季节淋漓的鲜血
但总是要去，用尽各种方法
试探这个世界以及它的形状和习性
石榴砰然炸裂。如同霰弹
扎落在心上烫伤每一处

公路边

机车驶过，那些仰头睡着的人
不知道有没有看见
春天，草丛

滚动的叶子掀起波浪
是什么飘散在你的裙摆间
生出红色的小朵花
而烫着你的目光
又是怎样吞掉缀满樱桃的树林
但——我听见有什么声音
正从时间的深处缓缓而下
它正打断

冥想

周遭荒芜
一团青烟从燃尽的火把上
掉落。我游动的冥想
经过神坛下的供奉
到达冷寂光滑的祭台
属于神的光
在空空的原野中照亮
我金黄色的皮肤
如此等待一场永远即将到来的
祭祀,是怎样的感觉会浮动在我心胸
这虔诚的肉身祭奠。
每一位神的脚下都是荒冢

刘欣菲

80后,陕西黄陵人。作品散见于《绿风》《安徽文学》《中国诗歌》等。获《延安日报》"电信杯"征文竞赛一等奖。著有诗集《在红尘渡口眺望》。

刘欣菲的诗

我在茶马古道　等你

西域的天空不高　在山顶
也在我的头顶
一不小心
云朵就掉进怀里　人就变成了仙

茶马古道上没有了昔日的马夫
他们驾着到山腰散步的祥云
去了梦中的天堂
而我　驰骋在宽敞的大道上
不觉飞上4220米的高原

我是踩着古道上马夫的脊梁
登临高高的峰顶
这智慧的峰顶　正吹着猎猎秋风
一股来自远古的风
顽强地突围愚昧无知的枷锁
把茶香和文明的气息带到远方

寻梦　一路向西
祁连山裸露的胴体里
揉进大地万年不朽的爱恋
花草依偎在它身旁
马牛羊的身影
如散落在草原上的彩旗
高高举着幸福的颜色

八月　我一路采摘草原风光
我是迟到者　来时格桑花早已盛开
据说青海湖里有仓央嘉措的泪水
那盈盈的蓝紫色
倾注了布达拉宫的王最后的深情

我在茶马古道等你
你说过　没有爱到不了的远方
我听到哒哒的马蹄声　是否
你已经在路上

悬空寺之梦

那个夜晚
我梦见你一袭白纱从天而降
带着我痴痴的爱恋款款而来
为你　我在佛前许下诺言
今生今世　只为等你

也许是我的虔诚感动了上苍
在经过无数个轮回的阴晴之后
你终于来了
悬空寺一夜倾情因你白头
连石崖上也开出了一朵朵洁白的花朵

千年古刹千年梦
老和尚敲响木鱼的瞬间
我听到了松涛阵阵
一遍遍喊着"我爱你"

距离

他们中间
隔着一层稀疏的空气
隔着一个呼吸　一层纸的距离
抑或隔着　千重山万重水

有时　一个转身
就失散了一段情缘
瞬间的犹豫
就踏入了不同的河流

流浪的脚步
踯躅在心门之外
不知千年后
能否抵达　彼此的岸

鲤鱼溪畔

一条溪水从耳畔流过
连同一条条鲤鱼的幸福
流淌成一曲醉人的冬日旋律
回荡在大山深处

成群结队的鲤鱼　是水底的精灵
红的黄的灰的
簇拥着把脚下的世界点亮
在这里
它们可以无忧无虑地嬉戏
活成一道绚丽的彩虹
死后成为鱼冢前人们汗颜的惊叹

在此之前
我从未想过鲤鱼的命运
会逃离红烧或者清蒸
我只知道
在弱肉强食的生物链中
人类永远站在智慧和勇敢的顶端

唯这里的人
可以让鲤鱼游进心里
在灵魂里安家

茶乡茶香

未到茶乡就闻到了香味
一座座茶山
似乎在云端打坐
静静地吸纳着宇宙的灵气
近了近了
我贪婪地摘下一朵
依然盛放在冬日的茶花
顿时　指尖有云彩舞动
香气缭绕

宁龙岗上没有古龙
唯茶树排队布阵
等待阳光细雨　还有我
主人把热情和香茗一起
用甘泉煮沸　品一杯茶
风云变幻
细水长流

付炜

1999年9月生于河南信阳。就读于四川电影电视学院。获第七届大别山十佳新锐诗人奖、第三届元诗歌奖、第二届全国青年文学奖三等奖等奖项。

付炜的诗

入川帖

群山临摹古意,暮云在我眼中打盹
偶尔有,簇新的庙宇闪现
又被更多的灌木所遮掩,而万物速朽
流水在我耳畔呜咽
云游于此的麻雀,安能为山川赋名
唯有骑驴而来的人,长久嗟叹
将形骸深藏此山
从此新坟连绵不绝,我们体内
再也没有泪水涌出,今生大抵
要辗转人间,抱影而眠
为了记录时代的坍塌,为了
在布满枯荷的湖畔踌躇——
"为人性僻耽佳句"
吃肉,对饮,亲友何如
回想起夏日的雨水曾数次将我剥开
如今面对秋风,我仍有过多的繁杂

与天空相对而坐

一种永恒的眩晕,在我眼里,晃来晃去
天空过早揭示了生活的苍白和庸碌
那些闪光的喻体,正消弭在
此刻的虚度中

他说他内心的猛虎早已放归南山

我们生来携带沉默,热爱静止中的事物
而我们又是如此地,恐惧孤独
总在人群中喃喃自语,古老的
天空在我们头顶,一样恒久,一样无意义

雨夜独行

如何寻找一种纯粹的美学,一种隐隐不安
譬如观水、看山、面壁
譬如在时间的河流里寻找瞬间的光影
某次阅读,在一本书的扉页
亚里士多德赫然入目
"一切艺术、宗教都不过是自然的附属物"
人浮于世,无非是要裹挟万物
无非是"满天风雨下西楼"
直至我们深陷语言的泥淖,隐匿于

匆匆路过的面孔之中
有些事物早已所剩无几
我们体内,再也没有过多的抒情
像透明的鱼群,毫无声息,游过淙淙溪流
此刻,无数的呼吸,在睡梦里
吹拂着夜晚连绵又飘忽的云

春天的荒诞难以透视

春天的荒诞难以透视,花朵
有妊娠般的苦痛。谁
正在打磨风
你在夜晚靠近我,星空因生锈而脱落
失眠的惯性,使"晚安"迟迟未说
收起修辞和苍白的赞美
你,存在,生长,沉默如海
在我尚未饱满的季节,造访果实
你比我更加甘甜,像镜框中
一个危险又锋利的词
我们将一起度过春天,风,仅剩下风
在我们的体内回荡
剥开年轻的喧嚣吧,你会看到
生活,天真,可爱的死亡
我是多么希望,在这个四月里
度过一生,就像我们所说的永恒

前奏

诗的矛盾,在不断地推翻与重构之中
想象的难度,令身体沦陷于虚无
而蹩脚的词语
有我无法改写的瞬间

唯有一个人知道我内心的漩涡
她迷失在夏日,一扇虚掩的门
门后是无尽的田野
象征永不衰老的爱情
无论一生如何度过
我们都应该一起相爱,一起沉默
看晚风吹走所有年轻的寂寞
夕阳在你的额头上徐徐沉下

在我听过的无数谬论里
我只相信你,你说:
钟声滴答,是时间开始的前奏

登高赋

群山包裹我所爱的一切,夕阳一无所获
吟游的人,在哪里起身,哪里就成了故乡
无论北方南方,明月都藏有虚无的诗句

即使大雪纷飞,林间仍有送信的马蹄声

唯有秋天空空荡荡,伫立在山巅之上
细数脚下阡陌和亲人的坟头,此时
适合低声细语,任凭疾风折皱薄薄的身影
嘘,飞鸟正从词语的天空中掠过

天地赤裸,我的羞耻心令我感到惭愧
在陌生的蔚蓝当中,那些滚烫的灵魂
如晚霞般涌动,枝头挂满了鸟鸣
莽莽尘世里,那些古老的面孔在何处藏身

那些奔跑的山峰在何处停下,那些香客
抬头望见,自己与佛仅仅相差距离和沉默
待到满山的雾气消散以后,我们拾级而下
走得越远,佛就越小,直到湮没无痕

林子懿

1991年生于河北唐山。参加《诗刊》社第32届青春诗会。作品散见于《山花》《青年作家》《诗刊》《星星》《中国诗歌》等。出版诗集《红树山人》。获第四届淬剑诗歌奖。

林子懿的诗

十月

于是我们知道
一小撮菊花,也活到了初冬,却不在阳光下
上面是西伯利亚的风

白熊长在动物园里,舔舐着白桦树的阴影
手提铝盒,工人走得很慢
耽于开口时,一缕青烟作井喷状
兀自吐出叶子

自由就像冬天的河流,应该醒着
但不适于流动,风吹过去
蝴蝶与道,总会有一条通向史家

于是我们知道,春天不远了
你可以保留体内的清香,或者孤独
开门有肉,有空,味苦
暂且来说——
是大雪落在白熊身上
有了伏虎的寂静

昆明秋天

不作游记,不写日记,不晒后现代家底。

鹡鸰是后现代还是飞机是后现代?
马齿苋是后现代还是泰国可乐是后现代?

四川人把辣椒糊糊推到了云南这一桌,
是后现代?
还是昆明人把米线连锁到天津是后现代?

中心城区再往边上一点,铺展开工棚,
和钢铁辎重。在很多地方,在很多人眼中,
这是后现代。

不管收不收过路费,大象从不取道这里。
而是去遥远的南方,昆明人眼中的南,
厮缠着澜沧江一直向南流去。

当哈尼族的小伙子在家乡湿润的红土坑,
挖出了一枚炮弹,但没有炸响。
他很庆幸,并高兴地引来朋友参观。

而千里之外,在昆明,就会产生一次地震。
地震能够让泛着油脂的橡木地板上,
多弹出一小粒烟灰,也能够使,
一株几乎看不见外人的黄槐决明,打一个哆嗦,赶紧扔掉攥了一个夏天的黄色的骨朵。

这是云南师范大学呈贡新校区冷寂的一角，
一个诗人注意到了它，但他保持沉默。

都山第八

香椿树街一角雨水，一角行人
赶路的绝不为生计，都是年轻人

把西风往发梢间涂抹
明暗的衣衫像挂在天上

谁还能理解谁？
竹竿再伸也不会取回昨天的太阳

上苍也不会刻意压下自己晚年的脾气
谁说出越久越安详，可能雨水就应该立刻停下

江南从来不缺青苔和茶渍
就像北方从来不缺远行的人

其实唐山，也没有什么山
我曾生活在一截燕山余脉的脚跟底下

池塘快干了，青色的养殖虾
已经死去了大半

金格

90后,湖北人。毕业于华中师范大学中文系。作品散见于《中国诗歌》《北方作家》《长江丛刊》等。出版诗集《落花人独立》。

金格的诗

姑娘的冰原冻住了绯红火树

在你闭眼时,我想碰一碰你的额头
想你时,春树冒出了团团云样的茸芽
那是绿的花,开在了灰心城

我想坐在你腿上,你不要告诉别人。我只是感受一下
有人无色不欢,有人讨厌性蛇。我只是随心之想

不开心时,只有清冷的笑;不开心时,忍着不想你
想你时,要铺垫情绪的背景如花如水

有些事震惊了小小的晚熟人,比如两人打招呼的话:
"几天不见,屁股又变大了。"
比如群女的聊天,火车开至天边

独角兽是处女的恋人和美好的心
姑娘的冰原冻住了绯红火树

每天的回忆是不想忘记你的一点一滴

好想碰一碰你的额头,如蜻蜓碰一叶菖蒲
却不能如此

花蕊心

又一天过去了,像时间又关闭了一朵初成的花
头发还是黑的,只不知心发已白了多少
又一小时过去了,像时针又注射了一小时慢性的沧桑
地球仍陀螺般运转,只不知地心可还记得起从前
又一秒过去了,像一颗星又陷入了漆黑的泥沼
梦想依旧在等你,你等待另一朵开启
站立其中,便是最美的花蕊

锤心

每一个世纪都有我们。我们跟蚕豆有什么区别
一样的发芽,一样的伸出小手一样的嫩叶
日复一日,摸索世界。终有一天,青青的藤丝触及墙壁
仿佛大锤重重地锤了心。仍是相信,仍是摸索
仍是无法勾住,仍是循环往复的相信与触碰
而某天,突然看见:吊一只蜘蛛,一根白丝
无风、安静、流逝。天黑了,有人喊我们。我们这才
一点点缩回自身,抱紧竹竿一样的亲人,缓慢生长

生有所恋

流云是天空的作品,白雪是冬天的果实
我有一双童话的眼睛。你信不信
藕有九孔,一个小孩就住在藕做的城堡里

我的闲念是偶尔的清风,摇响着你的名字,叮铃叮铃
我的悲欢只游在我的眼底,他人不知,况已平静

我喜欢在高大的柱子间行走,像走在森林
走在巨大的宫殿,走在梦幻的蘑菇伞下
如果你在其中一根后面等我,那就更好啦

回想当初的梦,星星一样消失时,多么恐慌
现在,熬过了冬天,它又自己返青了
为了你,我已经搜集了一些言语,现在要做的不过是插花

风自心田,人与人之间若有若无的消磁,没关系
我有相见云端之意,可现在只是随风而飘,没关系的

生活是个灯光师,给人全部的光亮或黑暗,我都习惯

王长征

1993年生于安徽界首,现居北京。作品散见于《中国作家》《星星》《诗潮》《红豆》《延河》等。出版诗集、文史理论专著多部。获第二届中国长诗奖、首届阳关诗歌奖、首届河洛桂冠诗人奖、中国诗歌万里行优秀诗人奖等多种奖项。

王长征的诗

河流颂词

1

弥漫的雾霭,在水上行走
坐在河流之中
感受鱼儿的颤动起于生命的水流
我一定是唯一的
拥有一条蔚蓝的玉带
大地在白雾如水中滑翔

迢遥的风如清溪透亮
清洗我疲惫的双腿
岛屿简单得像又圆又硬的石头
握在我的手中
浓重的树林倒影与回声交织
水下应有鲛人,将手举过头顶
宛若豹子穿梭于森林
远处,土地宽阔而安静
等待时光之风吹拂
农人用犁铧写下:麦子,爱情,瓷器,民谣,传说……

河流静卧如老牛的眸子
映照出祖先的足迹
你在我身边闲逛，时而欸乃
任由波涛将你淹没

2

抛起的石子
漫无目的在空中旋转
落入水中发出清脆的声音
波纹此起彼伏
勾勒出亘古未变人类面容

在这个水的国度
阳光温暖　浪花灿烂
催醒春天和夏天，使鸟鸣热闹
河流的周身是青翠欲滴的草缎子
众多根须默默向黑暗延伸
生命的汁液渗透幽深河底
勤劳的双手从苍老变得年轻
将庄稼从土里带到肚子，再回归于土地
将村庄像种蘑菇一样，沿岸散开

父亲，母亲。你们无声地
挥着手，站在我身后
我不敢回头，只感受到
无数目光在脊背重叠
带着泪水和遥远的低语

湿润的睫毛盈满露水
我的倒影摇晃在水的怀抱
仿佛潮湿的柳树

3

哦，河流
你有诗歌的一万个理由

你柔软如桃花
在黝黑的渡口一个变向
万物获得神灵的启悟

以最低的姿态匍匐
哺育万千生灵

无声无息，平坦的腰腹
与时间的流逝同步
我喜欢慢悠悠边走边看
去寻找水草下的先知

你在那里
靠近时感受到生生不息的奥秘
我看到远处的交叉点
将在更远处散开
而你的足迹
以历史之眼来看
过去和未来都不一样

4

芦苇摇曳
学者般安详
也以冷酷的目光
带来死神的一瞥
它的眼前,绿色的血液已流万年
古老的传说中有神秘的沉船
船上的新娘月光一样的皮肤
惊动了河底多情的玉龙
朝代更替,四季光阴依次回来
历史在这里无限轮回
夜深人静的时候,还能听到嘤嘤的哭泣

铅云低垂
一群白色鸟吃惊地飞走了
芦苇荡随风摆动
整个河岸似乎快要倾覆
河水的腰身被迫瘦了一圈
流水落寞而焦灼,巴巴地望着天空
等待一朵孕雨的云

5

河流巨大的头颅在这里转动
撒网的人变了脸色
他的双腿被波浪紧紧抓住
撞击、回旋,来自深处的力量

黄泥涌入，鲫鱼张大了嘴巴
瞪着狂暴的眼睛
愤怒，在水上燃烧
草木立不住脚
弯着腰对着河流喘息
犹如处在悬崖的边缘
水再大一点
她就要与浪花融为一体

在深流里，住着长须的精怪
眼睛看不到
每个人都能感觉到
它就在那儿
当软绵绵的东西挠你脚心
恐惧也随之来临

黑暗如河水湍急
人类的天性害怕看不见的东西
因此这里的风总让人脖子发紧

6

抵达泉河北岸
太阳为我披上金色斗篷
干燥的风掠过大地
指点时间的残影
千年银杏树从土里钻出
犹如大船从水面跃出
光阴顺着老人脸上的褶皱游走

乡亲，我要用家乡的曲调为你写一首歌：
河流一再改道，旧址变成村庄
游鱼的足迹在盛夏变得清晰
水草被庄稼代替
浪花绽出勤劳的果实
枝头累累白果使传说更加生动
无论是千年还是万年
平原上善歌的村民依然年轻
泉水中流出珍珠般的音符
我仿佛回到了出生的村子
或者说在此地重新诞生
头顶被明亮的蓝天映照
脚下有泉水血脉滋养
银杏树，走近你如同走进历史
面对古老的活化石
你的枝叶多像绿色的波纹
令我忍不住咳吁一声船夫的号子

羽萱

本名唐君。著有诗集《梦中的红嫁衣》《守望飞翔》,其中《梦中的红嫁衣》获宁夏第五届文学艺术奖诗歌二等奖。

羽萱的诗

我跨越了红尘

我跨越了红尘
将一枚残阳　别在冬天萧瑟的发际

你早已骑马而去
望断秋水　再也找不到一抹踪迹

我仿佛蛰伏在冬天　已经几个世纪
朔风、寒冷、冰雪和凋零的枝叶
在荒凉的田原上吹弹　一曲古埙　断断续续

曾经的誓言　随春、夏、秋一起埋葬
容颜不老　无悲无戚

念珠在手
不再修前世　今生和来世

我不再需要那些锐利的词句

现在　我不再需要那些锐利的词句
甚至忧怨和清愁
前半生　我用过太多
我被他们俘虏　流尽了血泪
还有那些你死我活的
在情感的刀锋上跳跃的
曾被我视若珍宝的词句

现在　我重病痊愈
所剩的命和身体　还有未来的日子
我都将活在阳光下　微风中　溪流里
我不会再和世界上的任何事物纠缠
也不会再使用刻薄甚至恶毒的言语

我在苦难的废墟上重新站立
正一步步走在趋向天堂的路上
我会珍惜每一朵遇见的花朵
每一口自由呼吸的空气
我会在慈悲和仁爱里
好好地对待自己
还有你　你　你

静水

这一池水
在午后的阳光下　波光粼粼
所有的喧嚣尘埃落定
人们走后　我来了
坐在青石上　坐在这静静的水边
让风儿侵蚀我　让绿色浸润我
让灵魂跳出来　在水中漫步歌舞

哦，这一池水
此刻和我多么相似　如相知的姊妹
它漫延在我的身体里　清凉舒适
一切只是相伴
缘来缘去　无悲无喜

仰首看云　低头望水
云水深处　映出已经作别的浮华前世

惑与不惑

我想试着抛却最后难以抛却的东西
将世间高举的荣耀归还世间
我想试着和你亲近
以十分的平和十分的自然

我想试着慢慢离开你
以十二分的平静十二分的坦然

是啊，曾经粘合的诸多
让我深陷其中半苦半乐半痴半呆
正如已经绝然走远的青春
正如业已爬上发鬓的霜白
正如立于雁门关的古隘之巅
遥忆千百年前的狼烟滚滚

曾经放逐的将不再追逐
陆续将要放下的将使吾心变空
不考虑生死不思维苦乐
凝望一具具呈现衰老的肉身
我将遮止住最后一滴清泪——
亲爱的，我们都将永远永远分离

稻草人

一个稻草人　从童年的庄稼地出发
一直孤独站立在身后
被风轻抚过　也被风抽打过
被雨滋润过　也被雨淋虐过
品尝过拂晓的静谧祥和
承受过正午烈日的酷热炙烤

一把稻草　是它的血肉

一顶草帽　是它的装饰
张着一双枯瘦的手臂　成为田野之偶
以一个人的姿态　心怀庞大使命
驱退觅食的鸟雀　护持每一穗稻谷

小小稻草人　总让我悲悯四起
从生命的出发地　到将要到达的归途
稻草人　哼着一首无人听懂的歌曲
在无垠的旷野上　随风摇曳
每一次经过　都会泪眼婆娑
从新到旧　从完整到破碎
爱恋着所有的飞翔
却和他们　结下累生累世的宿怨

也许前世　我就是一株
无人问津的稻草人　来去虚空
和所有的爱　都擦肩而过

邓可君

1993年生于四川简阳。作品散见于《星星》《2014中国年度诗歌精选》《山东诗人》《深圳文学》《深圳诗歌》等。参加2013年《星星》大学生诗歌夏令营、2016年两岸青年作家文学营。

邓可君的诗

披上庄稼

我要把庄稼种在身上才能活
不论是冬天还是夏天
都要盛装
这样
就没有人敢来脱我的庄稼
没人尝试揭下我的皮
没人敲打我的骨瘦如柴
没人唾弃我的乌漆墨黑
没人知道,我一出生就没有土地

女生节

我的心里空无一物,儿子还小
奶瓶里的硬币吐出泡泡,开出绿色的花
一光年前,我搬动过南天门的影子
在日晷上,歪着一根极度柔软的指针
季节并不扭动,动物们一片和谐

终究有人老去,带着干花和乌云
驾鹤西行时要穿越十三尺高楼,轻踩自家屋顶的黑瓦
我看不到她
入夜时分,点过的纸钱试图减轻寒冷的重量
她驮着一袋冰块儿,把脊骨压得咯咯响
八十五岁
所有热烈的生命在病榻上化为灰烬
乾坤倒转,灵魂很轻
她在盘旋,随时空扭动
性别,年代
她可能成为我儿子

下雨天

朝天门和黄浦江只隔了一扇窗
城池在码头之间流转
心中的人就坐船来往
波浪在舷窗上反复散开
我们坐在一起,像雨脚试探海水深浅

哥哥
海上大雾笼罩
船舷像患了风湿
哪里去找风和日丽
杯壁上残留的眩晕在波浪中越晃越少

临终

我应该抱紧她
抱紧一个孤独衰老的灵魂
趁她还有重量,还有留下来的决心
拉她一把,像鼓励一个蹒跚的婴儿
路是那么远,没有走过的暗夜
苔藓是不是会吃掉连在一起的鞋子

她以跳跃预备飞翔
滑动,竹叶作桨
无论是河流还是天空
都不再眷顾这样一个
因为吃饭而活下来的人
因为睡觉而活下来的人
她曾经多么根本且坚固

如今,大地裂开
包裹她,如一条新鲜的伤口
那个老灵魂已经无法起身
倒下的牙齿把嘴唇砸破

燃烧,碎裂的柴火

春

整个冬天
我都举着黑色
笔墨浸润枯黄
毛边纸生熟不一

这个冬天
写下所有的战书
砚台换了一盏
废纸篓总是倒不干净

有时候,树的影子在周围打圈
一个完整的晴天
我把字写得阳光明媚
仿佛能听见她的笑声

有时候,表盘形状奇特
分秒之间,鸟兽也不知黑白

雨落,躲进胃烟眉画龙点睛的
黑痣、红唇、大花轿

墨汁把冬天炸得通红
我看见了写喜联的姑娘

南方海

你看　爱上浪子的时候
海滩可以把人吞噬
夏日夕阳把美人刷上油漆
让她晾一个晚上

太阳不来
马达轰不走轮胎
东风不来
月亮也不来

天气不准备化妆
船长是个至今都让我误会的谜
误会他暧昧一瞬
那个晚上　灯塔灿若星辰

李燕

湖北新洲人。作品散见于《诗选刊》《诗歌月刊》《诗林》等。有诗作入选《湖北诗歌年选》《中国年度好诗三百首》等选本。著有诗集《瘦月亮》。获首届中国"宁龙岗杯"丝绸之路诗歌大奖赛一等奖。

李燕的诗

蜗牛

并不急于紧追,一步一个脚印
并不急于剖开自己,暴露血红星球
并不急于长成参天大树
有一天也会
立地成佛

一只蜗牛拖着疲惫
赶往田野、集市和渡口
夜间凿壁取光,缝衣补鞋读书写字
黎明驮着整个家当去讨生活
她翻过重山峻岭,却未能
翻过背上方寸之间
纵横交错的阡陌

但,那又能如何?
生活只有被这只蜗牛过过,才更像
诗

不可或缺的阳光

这是一条疲于奔跑的来路
阳光慷慨地洒下白花花的银子
一路走,一路捡。直到把集中的银子
堆成熊熊燃烧的怒火

——忘记有多久,船抵达不了坡
坡找不到岸,岸像一匹野马
挣脱视线,消失在远方

不知去路的路上铺满茫然
而这盛夏,阳光源源不断地制造盐水
渍疼奔命时磨破的双脚

哦,我憎恨之后仍然深爱的尘世
我这一生不可或缺的阳光

夜幕下的樱花

远处的马乡,梁山伯偶遇祝英台
比马乡更远的古琴台,高山偶遇流水
比琴台更远处,是在天涯一隅
被风撩拨的竖琴,正悬于春天的峭壁

多么惊险的杂技——
但春风呵别担心,你就一直吹吧
只有吹过来,竖琴才会稳稳地落于
一个人的手中。一颗心才能撞击另一颗心
在夜间摩擦出的火花,更璀璨

就像夜幕下的樱花,送走白天
忙碌、赞美与喧嚣,才有时间深陷相思
有风经过时,樱树抽搐一下
花瓣便落下几朵。就像
我每每想你时,心空便飘过一阵樱花
雨

蚂蚁

蚂蚁们慌慌张张,迈着细碎的步子
像是要抢在下雨之前
匆忙赶去田间挑草头的农人

它们铆足了劲,合力
将黏在一起的两粒米饭抬起
从容地行走舞动着红色的火炬
像左邻右舍的小女孩摇摆裙裾
她们挥动柔韧的手臂向我呼唤
我也一边挥舞手臂一边回应

就像擎起一片白云——

高远的天空
顿时
就被几只小小的蚂蚁
撑了起来

远山与近水

黄叶被风掀起,从头顶抛下来
并趔趔趄趄地前行几步
我静静看着面前这片翻转的落叶
就像看到某年某月的某一日
一个被东风吹皱的人影

在冬天,我已经丧失了随季节迁徙的能力
远山太远,近水已封存了柔波
猎猎风中,唯有伸出铁轨似的双臂
也唯有此刻,她们带着各自的体温
亲密地交叉。哦
亲爱的自己,已经忘记了爱情
还有燃烧的特质……

一条锦鲤的忧伤

一定有什么,是她无法放下的
一片落叶的忧伤,是隐藏不住的
一朵花的熄灭,是火焰的熄灭

一声幽幽叹息，从古屋烟囱里往外冒

唉，还有什么呢？时间已过大半
耳边响起雷声，像呼啸而过的子弹
击穿耳垂，落日正像一只金色耳环
挂在左耳上。右耳有不绝的回声：

"日为朝，月为暮，卿为朝朝暮暮"
——一日又将尽啊，一条锦鲤
对着石缝里堆满皱纹的青苔
忍不住，哭出声来……

李尤台

本名沈哲韬。参加《星星》大学生诗歌夏令营。获光华诗歌奖。

李尤台的诗

偏食记

隔着玻璃门。前年,母亲在厨房
烧制了一大团雾气。甜酒酿轻轻搅划碎煮

烫了便吹一口,新撒的桂花簇拥着
小圆子浮起。雾气也簇拥到玻璃门周围

渐渐看不清的金色蝶翅有渐渐的温水
浸泡。我仿佛也浸泡在那些清空的冰箱里

中午就上高速公路。既然是打定主意离开
金色如虎牙一般,温水对生活的咬合。

写景

一根用来等候,一根是
消解。两根烟之间
我会抱你。

我面前的人挪开以后,
举世澄澈。

但回到之前,我们贴着时候
只有一对起腻的肚子
用呼吸冲刷彼此。
一对肚子就是一对绝望的小老鼠。

在此无名之夜窜入我怀里
神秘地发迹。

爱人,我为你难受的时候
是丧失性别的通灵兽。
那些两根烟之间的无名之夜我反反复复抱出
一个来历不明的我。

第二宇宙速度

灯和我相遇,晴天
灯只顾着处理自己的神色

"我很怕你爱我
你是不是爱我?"
兔耳朵小心有序地转换,
我听你的话。

小女友在身边,虫洞般缀满了

一颗雪梨
在她的手里旋转

刀子是日光的另一种形式
长街如雪，时间属于其中化开的部分
我在听。刀子向这个世界发射一枚秋千
——旋转，和削下的果皮一起旋转

直到结冰的河谷封住原点
我在听。一段时间只能坍缩到
一个人身上。麻绳断了，
麻绳是新结的羽翼。

而它们重新编织，
到我们脸上的斑点里。
车流像一些活泼的芝麻籽，
颠簸之中，已没有多余的路口。

在所有灯火漫进袜子的雨天里，
我听你的话。
甚至真的感觉，已习得长寿的配方

我只能这么和你说
我不介意现在就昏迷过去
并一次次
在你旋转的刀片上
饱含温暖地
活过来

雨夜（节选）

"昔昭王娶于房，曰房后，实有爽德……"
————《国语·周语》

1

困境相互重叠，
再不添衣，够闷
陷在一桩民事纠纷里。

雕塑
缠上浑身珠宝。

有人违规地触摸我
他觉得
有些字还不够湍急
总是不够。

2

油画
渗得过透

景物翻腾、爆炒。景物的沸点
上下钻营。

刀锋就这么短
你别滑得太快

3

天空有飞机
像一只猫,窝在垃圾桶里

我如果是猫
我会需要一条蛇来钻我,弄疼我

我需要干燥的无知
嘴唇开裂

一把划开奶油的小刀
使魔术具备传染性

使此欲望的流布
两块对吸的海绵交换彼此生日

陌邻

本名贺东东,1990年生。诗作散见于《中国诗歌》《诗刊》《草堂》《星星》《山东文学》《诗潮》《飞天》等。有作品入选《青年诗歌年鉴》《中国新诗年鉴》等选本。获第三届中国·天津诗歌奖。

陌邻的诗

黄金面具

不提　今夜不提月光末了临阵脱逃
而旧年的雪　将在新岁继续流泪
不提煤火扑腾几下　旋即深陷灰烬
多年生死成兄弟　老弟　走一个

不提众兄弟已老　像圈老倔的橘皮
有人手指僵硬　握不紧一只酒杯
不提彻夜大风中满坡翻滚的茅草
并不如一头花白苍茫　来　敬老哥

不提百八十米脚手架　人就是蚂蚁
蚂蚁们吭哧吭哧　把人间抬往天堂
每一块钢铁　其实都比脊骨坚硬
其实黄金远比头颅昂贵　你们不提

其实一只蚂蚁翻落　轻过一粒阳光
酒杯相碰　渐成今夜唯一回音
不提　不提火车更像一把孤独的刀
终点不过是碗大个疤　统统不提

要说　就来说春晚光鲜年赛一年
说桃符换新说春联烫金说灯笼大红
说窗外的烟花　繁花再生繁花
若天空里　众亡灵锻造黄金的面具

亲人

夜色初凉　已有人群接连赶来
于身体睡眠之际　和我相逢

他们三三两两　手提月光
——月光是盏心疼尘世的马灯
白昼之后　彻夜流淌的皎洁
一遍一遍　反复浣洗人间阴晴

被稀释的亲疏　不再那么有别
我们交谈　扎堆　相拥取暖
有人端出酒杯　勾兑流年
许多生活的坚硬　我们一碰而尽

同生前一样　他们依旧酒量窄浅
三杯下肚　尥开一辈子输赢
竟也输赢相当　出进两讫
依旧怀揣吝啬　新瓶倒出旧酒

无酒可倒　我们也会频频举杯
举起多年来的自斟自饮

举起阴阳两隔　生死殊途
举起彼世今生　唯一一盏马灯

人群之中　我也曾遇见自己
满一杯酒　我们就是至亲的亲人

寒夜记

北风一夜紧　捎带紧了紧王家庄
巷里巷外　一扇扇铸铁大门
不约而同板起脸来　一本正经
你也不再想望　邂逅乌有的爱情

你却邂逅所有爱情　你邂逅过
紧抱夜晚　把所有来世借给今生
所有感情　逐一考据为爱情
你把所有姐妹　暗地里唤作恋人

你定和妹妹中的她　结为夫妇
清晨小贩手里　她接过新鲜蔬菜
黄昏大风临门　你烧红炉火
你们生有可爱宝贝　一定是女儿

你会给她们说千里万里的路和云
但将省略此刻　此刻灯火闪灭
夜色如锋刃　一寸寸逼退星辰
你瞪大双眼　听见黑暗一剑封喉

嘉陵钓事

还在一个人挥竿　一钩一钩挥出
江涛拍岸　一掌一掌拍向他的脚底
静极　如迟疑的往事扇动翅膀

而对岸　江水是挣脱缰索的烈马
永不回头　头头撞命崖壁　千堆雪
之上群峰莽莽　是兀立天空的铁
秋风里　锈出漫山红叶　锈出创口

他身后　有浪头搁浅　却自成河流
水望着水　像望着过去　像窥视
大雨漫过季节　终归留住些什么
譬如裸石　譬如一个人的泥沙俱下

愿者上钩　或许真会有谁孤注一生
似一尾鱼　纵身吻向冰冷的钓钩
他频频起钩　频频钓起草屑　苇根
弧线再次凌空之际　一头黄昏跃出

像放下屠刀　有人终于挥竿而出
用尽毕生气力　钓起一串嘟嘟忙音

能饮一杯无

寒露一过　月光似乎变得熙攘
似有新的人群　人群之中左右奔走
你识得他们　你枝枝蔓蔓的亲人
然又砍枝斫蔓　深藏自己的亲人们

你们碰面　还会匆忙塞你把月光
多么像那些年　女人们塞你把葵花
而男人们　则讷讷然不多言语
烟锅一暗一明　是风把星辰擦亮

他们说　须得在大雪封山前赶回
须得再次深藏　方可躲得冰冻三尺
话音未落　已有雪花大片飘落
一群群白衣小人　赤脚天地间奔跑

你看着亲人们　转身　倏尔上路
看他们浅一脚深一脚　看他们跌撞
大雪覆压枝蔓　白茫茫得发黑
你得承认　他们实际自你体内出走

能饮一杯无　你急忙立身大喝
雪们陡然消失　你也剥不开月光

张小榛

1995年生,现居北京。毕业于武汉大学。"十一月"诗社成员。诗歌散见于《诗刊》等。有作品被选入多种年度选本,入选中国诗歌网"每日好诗"、"中国好诗"。获第34届大学生樱花诗赛一等奖。

张小榛的诗

路由

降雨不能成为无月亮的借口。
她身上的气味把世界织在一起,
缓慢地。电学变化
令大海时常更新。被云层照亮的大海,
光形成网状在其上行走。
风中的白鸽,大型挂式卡车喷出水雾、孤独
便照样点亮我们。

整个悬浮的空间都在降雨。
看见有轻盈的人,坐在电线上哭泣。

幻觉,有关疼痛与屠杀,从我们展开。
无人知晓的网络局部,深埋在绷带与绷带之间。
剥离的指甲、大海,大海在黄昏中呈现红色,
沙丘则在海中折断而死。在光不可及之处。

看见黑衣人坐在电线上哭泣。
看见轻盈的黑衣人,停留在卡车背上。

她一声令下，竟有无数忠诚的海岛浮出水面，
承托未知和已知者。
月亮必定正隐匿于云层身后，
当她的爱人到来之时。

劝君多食梨

梨滑进胃里，黑暗悄悄地上来：
为分别做好准备是必要的，
假设有一人从人群之中消失。
梨，脆甜、富于赞美，而
赞美是一种液体。从那皮肤渗出来，
噙着危险与远行前的矜傲。
母亲，吃梨吧，母亲。

电火花落在地上。像雨，
像词语坠在高山上。
高山上淌下铅灰的梨汁。

忧郁将攫住其他人，火车将带走那个人。
母亲，吃梨吧，母亲。

扎气球

傍晚，一点火星被大风吹散在马路中央。
在他迷上用飞镖扎气球之前，

有不少人帮他排解烦恼,好让他
腾出更多地方,存放新的烦恼。
南风撕扯着山的眼睛和鼻子。
那个新鲜的年轻人,白沙积满眼底。
他是一座城市的新年,他是一座城市的岁暮。

要选择月光照不到的林间空地,
或是黄昏的湖心岛。最好是
在湖中有两个无人的岛。我们登上一个,
眺望着另一个,一边叹息
一边把彩色的气球挂在天幕上。

他点了烟,听旁人谈论肥美多汁的死亡,恍如
所有的逝者都刚刚在昨天故去。
站在埋过人的土地上,
他扎气球。在高大铜像、植被和饥饿之间
自由地扎气球。
锋利如刀刃的风射向他的双眼。

樱花的即事

樱花漫长。前面是艺术展的讲解,
我们在后面亲吻?嗯。亲吻。
在半百年前建成的地方,寻找古物;
然而实际上找到一些新的事物。

没有那样的好少女,她粉红得如雨如雪,

也如同我肿痛的嗓子。思念
卡在了里面。这就是春天。无名山
在不远处暗暗地笑。
昏暗、寒冷的年月延长了樱花的季节。

一小团乌云藏在我的嗓子里,长久地休眠。

我们眺望着富含脂肪的、鲜美的东湖。
湖的四周涌动着肉体。
少女像天气使樱花觉醒,这就是迟来的春季。

致酒行

这一切都是为了酒。饮酒仍是为了酒。
最后的夜里我们坐在景山之巅,
讲述你好奇的事情,譬如
众星最初怎样连成星座;
或者何人最早从岁月中读出甲子。

看群星在长安街上空逆行。
当时的少女从月亮上垂下来,
疼痛并狂饮,在这一切终结之前
成为分娩意义的母亲。
寒气逼人的樱花落进杯底,裂纹
蔓延到我们脸上。

骑士与旅鸽

骑士花了一辈子与自己的食物和解。
当最后的旅鸽从世界上消失时,
他忽然想通了。现在鸟儿没了。
现在他的上方只剩银河。
他记得这些鸟儿曾在空中织出荫翳的纹理。

但骑士从来没有不敢死的时候。
他就只是怕疼。怕
食物在腹腔里坠落的样子。

有很多人相信骑士是不存在的。
他们看到的只是征战的盔甲。
骑士有时候也会这样担心:
他仰起头看旅鸽,看到的只是飞行的肉。
钉满星星的夜空如同粗糙的碗,装着他们。

小苍

　　本名赵迎辉,1996年生于河南商丘。获第二届元象诗歌奖、第八届中国校园双十佳奖等奖项。

小苍的诗

与母诗

已经无路可走了
麦田一茬接一茬
被你割掉的草再次蔓延
让人误以为人间又活了一次

而你，日渐苍老
开始为小事斤斤计较

你说你曾在梦里
被许多麦子淹没
被一片土地吞噬
这些逼得你无路可退

是的，面对土地
你无路可退
只能用余下的生命
去与土地殉葬

藏

他让自己藏得很远
远过玉米地
远过河滩
远过家乡的距离

他让自己藏得很低
低过门槛
低过杂草
低过故乡的字眼

许多次,他不断重复着
幼年的游戏
一次次把自己藏进黑夜中
等到村里的灯开始亮起来
他像变戏法一样
出现在满脸怒气的父亲面前
开始另一场游戏

这一次,他打算藏起更多的事物
连同自己的姓名,来历
以及不痛不痒的前半生
只有这样
在提起故乡的时候
才能够像一个陌生人般平静

与一场雪对视

准确地说,是与许多期盼下雪的人对视
对于一种稍纵即逝的东西
我不敢多作停留
内心有雪之人
面对一场大雪,如同面对
一次等待已久的重逢

我按住内心的悸动
观看一场雪
先是从房子开始白起来
然后白进苍茫大地
白进一个人不痛不痒的一生

下雪路滑哟。
过路之人纷纷互相叮咛

我开始远去
远过一场雪能到达的距离
远过一个人面对一场大雪时
能够忍住内心的伤悲

与父诗

不能再低了
再低,就低入了土地
低入了百年后你的魂居之处

华发早生。
在没看到你的白发前
我一直把这个词语当做一件趣事

四十岁后
你依旧可以上蹿下跳
从一块田地跳到另一块田地
从一个孩子的生活跳到另一个孩子的生活
唯独,没有跳出这个禁锢了你四十二年的村庄

已经到了不惑之年,你说
自己是土地忠诚的信徒
"但求风调雨顺,一家平安
百年后我葬于自己的土地之下"

贴膏药

给父亲贴膏药的时候
总是被后背的肋骨硌到手掌

从第一根开始数起
从一九七二数到二零一八
从为人子数到三个孩子的父亲
数够四十六年的时间
数够一家五口的生活

更多的时候,我把这些肋骨当成一根根钢筋
一个撑起的是高楼大厦
一个支撑住平凡生活

这些肋骨,在碰到膏药的时候
一个个摒住呼吸
把疼痛往死里摁住
就像父亲四十六年的光阴一样
在疼痛前保持着刻意的隐忍

谢雨新

1993年生，黑龙江牡丹江人。北京大学中文系创意写作专业硕士，日本筑波大学国际日本研究专业博士在读。作品散见于《诗刊》《名作欣赏》《观物》等。

谢雨新的诗

菩萨蛮·人人尽说江南好（韦庄）

人们都说
"江南是个好地方"。可惜，我不在人群之中。
我只是一个
游人，只能看着自己的胡子在这里变白
变长。

我的胡子还小的时候，它是一片
淡的青，比江南春日里蓝绿色的水
还要年轻。
它只能看着那些水，羡慕地
任凭它们分一半颜色，蒸上天
再拿一滴，扑在船舷——又顺手
偷换了季节。
看着看着，胡子累了，悄悄躲在水面上
听着雨，胡子就睡着了。

我的胡子还爱喝酒，温的
米酒——谁温的，谁端上来的，谁倒进酒杯里的

都不重要。(反正,这里从来不缺
月亮般的姑娘)
反正,喝酒、喝酒
喝久了,胡子上面三寸的眼睛
就拖着胡子,亮成了一颗星。

直到我的胡子太老了,我或许
就该带着它回家
互相搀扶着,它鬓发苍白、
步履蹒跚,并且从来没有听到过
心碎的声音。

致一种生活英雄主义

世上只有一种真正的
英雄主义,
那就是:认清生活的真相后
依然
热爱生活。
——罗曼·罗兰《米开朗琪罗传》
(如果我可以把它按照我的意愿拆断、加标点,并且放在这里的话)

在她第一次看见
北京地铁晚高峰人流的时候
当作一个仪式般——郑重而庄严地
她从灰色大衣左边口袋中掏出手机

在一个伸长手臂才能举起的,制高点
按下:拍摄键。
敬颂啊,这伟大的城市。顺带歌唱,这些勤勉的倦鸟——
每天忙着,为了
不忙于生活。
风吹来了,她把手揣回衣兜里,
鹰看麻雀似的,安详地端详。

后来未曾预料过的,她也开始练习
归巢。
"前面别停
后面别挤"
成为了头脑不发达的鸟儿轻佻的一毫升头脑里面
唯一的符号。
疲惫而不觉累的,细小的爪子习惯于倒挂在
铁色的、光滑的圆杆上,粗壮地喘息。
是的,她曾信奉:
"那些曾经将我击垮的,再不能让我倒下。"
但是,她倒下——因为终于
她可以以一个舒服的姿势,倒下。
(当然倒下并不是目的,仅仅是
一个顺理成章的途径。)

"总会飞的"她想,瘫软着的她想
于是眉目温顺的,
她揉了揉翅膀下
新长出的,幼嫩的三根绒毛。

闫今

1998年生于安徽宿州。首届安徽新青年改稿会成员。作品散见于《诗歌月刊》《人民文学》《诗刊》等。

闫今的诗

从绿色森林中穿过

长途汽车行驶在夜间的公路上（酒店标牌
构成的绿色森林），车窗外洒满了星星，
提到满，同行的一个小朋友说，
"房间里堆满了盒子"。他八岁，知道什么是满？
也如此刻，我的野心之内：几十层堆叠的星星。
这就是满？晦明不辨，方形的星星和
令人舒适的满。膨胀后被克制的欲望的满

不慊

推翻。逻辑，你是养猛虎的人，喜欢
往我脑袋里砸钉子。这一点，我不与你争
推翻：痛苦总是"溶解于稀薄的海水之中"
即便是草木折裂的伤口也分有鲜嫩和
枯脆呢？长路漫、漫，日子长流而乏味
我急需这其中折伤的草叶，划破我。嘶——
身后已经破烂不堪，身后一人说：嘘——

推翻,不就是推倒,翻身吗?
你爱他,已经爱完了。没有可说的了

胡马

"为什么仍需有另外的折磨"
胡马,回你的北方去吧,我不要多余的欢畅
看你两地奔波多辛苦,带上我,带走她。自然地
过来,和回去。听我说,你跛脚的样子真让人心疼
新一轮的黄昏,死而复生的人
拉杂摧烧之。摧烧之,任你从悔悟中出来,双眼
饱含哲学(无妄、无畏、无愧)。东有好女
村庄难久居,绿气出东门

涛声

诚觉世事皆可原谅时已经丧失了原谅的能力
野马状雾气,雄器之山葵,我善于搅动的
古老螺旋桨,远远地停泊在半空。我的怜悯溢出般
扩大,他不在时愈烈地扩大。半空,悬而不停
阳光中满布筛眼、喁喁私语的失足悬而不停
仿佛风、马、牛接连驶来。午间街道,涛声迭乘

良时

我怎样描述细流披光的黄昏,沉稳,摇曳的金色冰块
你,我。有几种融合的可能性在苏醒,话语因疼痛关闭:
来了!哦,错过了。"一切都是虚无,一切都是重复。"
寺庙?神像!让我做猎人的猎手,在湖水涌动的良时。
让我做渔人的渔夫,以身为饵。
你来便是了,凭水鸥群起,我们于星星点点中

叶可食

本名王亚，1998年生。就读于安徽师范大学文学院。江南诗社成员。获全国大学生樱花诗歌奖。

叶可食的诗

腹雨歌

缓缓而又重重地
按压小腹,里面有江南四月。
雨季在风衣里盘根错节。
皮鞋之寒,衬衫之暖,
构成整个世界。用这些
将自己撑开,似一把巨大的黑伞。
伞骨却很纤细。

深深而又轻轻地
在沼泽中行进,噩梦
才湿了一半,
雨就一直流进他的手臂。
爬向胃壁的血管,被这些
晶莹的彗星拍击。

翻身,蜷缩,凝视。

他回想起,医生说"多喝热水"时的

漫不经心。
漫不经心地,他回想起
红汤面和萝卜干,
母亲的手,常带有发面馒头的香气。

秋水歌

如果给我一把扳手
我会用力扭紧
松懈的时间。将云朵的语言
钉死在
天空的舌头
热爱秋天不修边幅的荒野
不去听信晚风的挑唆
不去贪食
"落霞与孤鹜齐飞"的黄色奶酪
那残留的甜腻
消融在湖泊的发丝,河水斑白
稀疏如脱线的扫帚

在众多秋天的扫帚之间,房屋缩小
成为大地上的灰尘。从滕王阁
到重修
无数次的滕王阁;从秋天
到重生
无数次的秋天,河水也在
天宇之间不休地巡回,就着冷雨

将山丘无数次地吞咽

湖边书

湖水,正在变成浓稠的语言
被夜色熬制,逐步瘫软在
硌牙的石子路上
黑天鹅将管乐器深藏脖颈
不必飞跃藩篱,就能在小小的湖景别墅中
歌舞升平。晚上十点
从教室回来,我不止一次地刻意路过
并轻轻发出羡慕的嘘声
湖边柳与水中荷
也不止一次地
在锈迹斑斑中完成着自我感动。像是
被夏天酸倒腰的小虫子,搓搓手掌
瘦削的灯光,快速地看向左边
又探向右边
才终于翻开湖水的另外一面
就仿佛,重新翻开生活
在一个盒子中,揣测另一个盒中的物件

夜祷歌

星子在黑夜的棋盘上
解构围棋的命运

胖成了陶制棋罐的猫头鹰
以裁判的锐眼
沉入星与湖的对弈

一切声音都生出破折号的尾巴
在无尽延长的惊讶中
时间迟于呼唤

其实我也
羞于回应。不须研墨，镇纸，铺开一扇
梅雨沓来的窗

也不必沐浴，斋戒，做好写诗的准备
夜晚是一位瘦削的长者
怀揣近乎虔诚的静默

不须咬破手指
就能写下滴血的誓言

夜的誓言有三：一曰晴雨适宜
二曰小路铺满树的浓荫
三曰稻子可以在片片蛙鸣中，尽情地
结满谷粒

空山歌

再次有感于黄粱的诱惑
老槐树却不再接纳做梦的人
空山易碎,岁月忽晚
褪色的荷叶是一处
只能接受轻声细语的世界
在那上面,执拗于喧嚣的事物居多
有发福的青蛙喘着粗气
有露水相互碰撞,如薄暮时的星星

那里的风也是硬的
需要多次咀嚼才能勉强吞咽
在户外,人影摇晃的地方
我是一个拘谨的客人
异常缓慢地在橘色的灯光中穿行
饮用那些静谧的光线
山体隧道因为承受不能承受之轻
而青筋暴起

空山之幽邃,因心猿啼叫
而余音不绝。将一个行将就木之人
他的脚部,埋在山上
待一些寂静让他苏醒
然后他就会重新发芽、结穗
长成五叶的菩提

田凌云

1997年生，陕西铜川人。作品散见于《西部》《扬子江诗刊》《青春》《星星》《延河》《诗歌月刊》等。参加第八届十月诗会、第十一届《星星》大学生诗歌夏令营。著有诗集《白色焰火》。

田凌云的诗

幻觉

在一辆车上,我产生了愉悦的幻觉
几个纯洁的圆形水泡,装着不同的自己
重重摔落——我的肢体零落成泥
又重塑。我提前看到了生活的可能
感受到了命运的善意,它不希望我有
下跪的平台。于是一辆车产生了
一百个窗子,一百个窗子又衍生了
一千个自己。我被无数个我
挤压在狭小的空间里,不断地与呼吸游戏
我把我产生的不同的孩子,放到
不同的星体里去,如果火星允许
我希望那里多住一些,治愈它们共同的体寒
慰藉远在地球的我的,灰烬之体

给你

今夜我想送你一辆火车,让它们抚摸你的身体

我想灌你一瓶鸩毒,却又拯救你
我想让你痛,又想让疼痛的阳光热爱你
我已经没有什么更多的可能了

你看,月光那么白,和我夜间的尸骨一样,那么好看
善意刺伤我喉咙的时候,命运还在水底测试水花

我在尘世中奔波、藏匿,直到藏到命运的海里去了
我怎么知道里面有刀子呢?
我以为我可以承受一切的悲痛
就像那个用真相谋生的男人,一不小心就把浮起的绝望吞下
　　了

这多么,不容忽视
让我心生怜悯

躺

躺在大地之上,犹如躺于棉花
而床单是,我那好脾气的爱人
阳光暖与不暖,我的心都是九十九度
差一度,只等你点燃
请原谅——我没有告诉你
那些闪亮的灯火,都是我残缺的
童年;而柔软的音乐,都是我用眼泪
制造的惊喜;我用安静亲吻着蜷缩
的悔恨,那些年我坐过的火车,都与你

所在之处,互为敌人,所以在遇见你之前
我皆在人间漂泊,躺于空虚的废墟
你没有经历过意外,所以你找不到我死去的分身
我不断地自救,漂浮于人间的
无名之海,用一生的时间,演绎了
一千次轮回,直到你的推门而入
让它终止

不可能

你不可能每天吞食一千根鱼刺,太奢侈了
或以用头撞墙的方式迎接慈悲,太热情了
如果一定要,请先离太阳近一点,不要躲着

我允许你安慰我布满沟壑的肉身
它们藏着泥石流、沙尘暴、雾霾
我所有青春的样子,它们都有

你看,那些还在颤抖的叶子
托起的每一个女人,都是我用孤独孕育的慈悲
它们爱大地,它们如此害怕回到大地

终于不用再上演轰轰烈烈的绝望了
北风吹呀吹,仿佛一切还能被拯救
仿佛我不曾变成石子,只为被你踩踏一次
仿佛我停下的每个人生的时刻,都有你
腐朽的原谅

穿梭之学

装作一切不曾发生,我一如既往
用隐恶爱你,夜晚,我出去砍伐椴树
杀死午夜,甚至,抢过一个幼儿的奶水
这些我该怎么告诉你呵——
我还为了看星星,在窗边,抚摸了十四天仙人掌
把手指变成了蜂巢
这些,我又该怎么告诉你呵——
你不时的拿来孤城,海子
让我不要学他们,我深深纳闷——
他们只是死在了我的前面,但谁说
过去之人就不会学未来之人
我傲立——

如果我们都没有病

如果我们都没有病,在深夜没有扩大恶魔
看远山的泥石流,像欣赏一幅美妙的自然暴动图
不选择逃跑。看到两颗一大一小的锋石
你捡起小的,给我的静脉
我捡起大的,给你的动脉
我们互换着彼此的形态,以无所交集的灵魂
追赶着彼此的一生。你把善良给我的恶
我衍生出无数黑暗的树叶,让你哭泣也不会感到寒冷

如果你还能爱我,我会把所有的绝望都盛给你
所有的颤抖都表演给你。我不会再让你害怕虚构
我会给你好好解释我的出处,和跟你
路过的缘分。我只是人间的过客
那个小年夜,在你的腹部里因绝望而重新坐胎
你疼得几度晕厥,我们彼此消磨数年
每次的结局都是——我那么深深爱你
你为何还不能给我极致的伤害

应美芳

80后,浙江仙居人。作品散见于《诗选刊》《诗歌月刊》《诗林》《江南诗》《中国诗人》等。

应美芳的诗

桃花在枝头颤动

广度的春天
像一首诗立在半空中
清浅的诗句,深陷在寂静里
桃花枝头,微微颤动

回归与探望
这些大自然的描摹者,这片土地的魂魄
在时间的拐点上,碰撞,交融
满怀深情与期待的路途加深了默契

头顶笼罩着的光华,在静谧中应和
任何一朵桃花都能遮住我的眼睛
我已无法沿着旧路返回

多想时常驻足,在清晨或者傍晚
凭枝遐想,祈祷……
在一棵棵桃树下,等待桃花开了,又落了

阅读之美

寂寥的日子,诗歌辉映窗外的美
玻璃门窗复制我内心的风景
阳光下,我用笨拙缝补生活
寻觅时间磨去的棱角

客厅传来的烟味将光影破坏殆尽
沉睡的灵魂,药剂一样麻木

落叶横陈,日子沉闷得没有性格
幸好我有共鸣
有来自阳光弹唱的热情
爱抚枯枝上稀疏的叶子

一个声音振动我的心跳
在打开的书页上,我笑而不语

在春天里

住在时间里的每个人
都如此淡定,时光剥去遗忘的细节

他们扔下沉重的过去
换上一身春装,用油菜花、桃花

装扮对未来的期待

从高处看,穿梭在花田的人群
多像一架长长的梯子
每一朵花,都在打开世界的豁口
闪着光,摇曳斑斓的影子

稻草人,和花田边那株老樟树
空静幽远,在时间里轮回
如同花朵,盛开又凋零

落在梦里的雨

这是一场超现实的雨
将自己打碎一次
然后在雨中融化掉
老去的梦频频销毁青春的证据

雨一直在下,递进的诗篇
随流水盲目潜入夜色
万物渐次归于寂静,开启新体验

遥远的风暴并不妥协
共鸣与震颤劈开苍茫暮色
灌满我紧绷如弦的心
落在梦里的雨
企图打破大海的沉默不语

冷春

清冷空气
包裹我冰冷指尖
雨滴轻叩,落英缤纷
斑驳苍劲的主干
彼此彰显着个性的距离

春风方醒。窝了一冬的心事
爬满枝条,嫩芽吐出
如一粒粒拼凑的字母

此刻,它们并不完整
唯灵魂,方可救赎
其与众不同的坚强与美

追雪

雪的延展,漫无边际
漫过山坡、树梢和竹枝
世界寂静,白茫茫
幻想全世界的孤寂
崩塌成漫天飞雪

捉摸不透的天空

若隐若现,趴在远处山脊
仿佛用足力量编织美梦

汽车在高速公路上追逐雪
两旁树木,虚幻着后退
而车子,穿越隧道
驶过一个个村庄与城市
堆积的雪,聆听远山枝叶的恋曲

苍穹无尽,一千零一夜的传说
如奋身扑向车窗玻璃的雪

杨泽西

1992年10月生于河南漯河。诗歌散见于《诗刊》《中国诗歌》《星星》《诗歌月刊》《草堂》等。获首届"国际诗酒文化大会"现代诗铜奖、第四届全国大学生野草文学奖一等奖等奖项。

杨泽西的诗

空麦秆

我第一次如此细致地观察
一根根被镰刀割断的麦秆
这片和我一起生活了二十多年的小麦
它的伤口尚留有疼痛的记忆
现在它站立在故乡的麦田里
有一些哀伤

它曾经在头顶高举的麦子
它引以为傲、赖以生存的麦子
已经堆在了粮仓里
和它没有了任何关系
只留下它中空的身体裸露在空气里
这无用而又脆弱的存在

多数时刻,我写诗
让自己置于一间密室里
如同暂时割断与生活连接的血管
当一首诗完成之后

我将继续回到身体的囚笼

我一次次返乡,夜夜反思和写作
究竟是为了把这中空的身体填满
还是为了给这空,腾出更大的空间?

纸上:引蛇出洞

因为无风
纸张恢复成了一面湖水的镜子
你坐在窗前开始读纸上的涟漪
你的影子任由纸底的一尾鱼垂钓
整个下午你都在一张空白的纸上
吞吐鱼刺的诱饵
无数的词语卡在喉咙的深处
你有点难受
甚至想把身体里所有的器官都吐在纸上
直到夜晚
你看到远处的湖面上摇曳着一束细小的渔火
就像一条蛇吐出的信子
突然夜的皮肤被咬破
伤口处渗出一股一股的光

听水滴

夜里十一点

失眠使我的听觉更加灵敏
我能听到遥远的街道上酒瓶摔碎的声音
男人女人哭泣的声音
流浪歌手歌唱的声音
一阵拔尖的刹车声撕咬公路的声音
更远的地方，我能听到
工地里砖头坠落到地面上碎裂的声音
火车驶过铁轨尖叫的声音
甚至再遥远一点
我能听到故乡的鸡鸣和狗吠
这所有的声音现在都汇集在了一滴滴水里
通过我床头旁没拧紧的水龙头
慢慢滴落下来
我一动不动地躺在床上
像个病人
那细微的声音
一滴一滴地流进我的血管里
直到午夜我才成为一瓶药水
把那自己重新输进夜的体内

牧雪记

没有绿色，便用文字刮骨头上的青苔
把思想调到零度以下，在纸上下一场雪
在黑夜里引出，身体里沉睡已久的羊

而身体之外，大雪早已封山

屠夫在火炉上烤化最后一片雪
几乎所有人都把羊皮穿在了身上

只有少数人仍固执地摊开一张羊皮卷
让大雪落在上面,用黑色的文字
复活一只只死去的羊

危险是:当所有人都一致认定
大雪是这世间唯一的羊、唯一的一张羊皮
雪地里太阳的反光便成了一把锋利的刀子

多么可怕:当你走到城市的边缘走到无人区
黑暗里突然射出一道强光,像扔出一根长绳
你成了这个世界上唯一牧雪的人,唯一的羊

捉迷藏

我们躲进门后、草垛和水缸里
越是黑暗的地方,我们越是选择隐蔽于此
任凭伙伴们一次次寻找和惊吓
任凭他们一再呼喊我们的名字
——假装以自信的口吻叫道
"出来吧,我看到你的影子了"
我们仍旧屏息不动,直到对方真的投降
我们才带着胜利者的笑容缓缓地走出来
成年后,我们继续着这种游戏
我们借助身体躲在不同的场合、面孔下

被不同的人叫出不同的称呼和名字
有时我们会因为紧张而表现迟钝
不知道对方叫的是谁
直到夜里,所有的人都散去
我们才脱掉外套,站在镜子前
轻声地对自己说——
"出来吧,我看到你的影子了"
这时候,它早已消失不见

原石

本名黄雨陶,1999 年生。中南大学汉语言文学专业本科生。

原石的诗

夜中口占
——致月亮以及其他

而这一夜你不再是月亮——是
刀子。是铁做的刀子,是秋天
做的刀子,海啸做的刀子,词语做的
刀子,风琴做的刀子,舌头做的刀子
所有美丽而明亮的修辞做的刀子
一点点糖果做的刀子

月光下,我看见湖面缓缓展开自己
如同一封巨大的仍在燃烧的信

我看见一些逝水流在铁轨上

况且我还不知道他们的名字
况且上一秒的
那片漆黑的密林我还未走过,况且风

在消逝,况且河水总是向东流去
况且在宋朝我们并不这样
况且况且,况且我
——看见一些逝水流在铁轨上

此刻车灯朝左,接着
向右,从某些窗口一晃而过:有人坠亡
如轻细的针落入纸面。我们听着火车
语焉不详地吐出:"况且……"刨子般
推出新的木屑——下一站
新的幽灵坐下,却并不平静,他们用烟
用乡音,用安眠药,用编织口袋
用嘴唇,用颤动的手,用低低的哭
用一点点的酒,流逝。谁,
能告诉我:我是其中的哪一个?

况且我看不清今夜的一切,仿佛
有一种秩序正从我们空虚的内部逃出:
况且况且况且况且况且
不,是火车在雾中舞蹈

圆形叙事学

是的,是时候了
雨后的夜晚如此潮湿,我看见松针
像是祷告,在气流里震颤,我的指尖随之摆动
在灯中滑向下一行诗句——

"身体的孤寂,空旷得能盛下好几具身体"

黑暗。隧洞中,我们如雕塑一般静坐
倾听速度如何砍下我们的脑袋

我闻到——
疲惫在车厢内徘徊不定,乘客
像劣质烟草般,燃烧。
接着黑暗再次捕捉我们,这恍惚的
瞬间,我们以心跳应答,因为
谁在惯性中张口,谁就将永远失去声音

燃烧过后,我们重新从夜晚醒来。情欲
让我们学会创造物象,比如:暮春时湿润的井
热水壶中烧开的闪电,重山上
红透的虞美人。我们的花瓣紧贴,并且彼此索取
黑暗中,她的眼神如磁针般,精准地
读写我的指纹——那里,刻录了她欲知的一切秘密

"抱紧我,再紧一点",我们轻如无物
像风。雨后的夜晚如此潮湿,我看见了松针
是的,是时候了

别白塔书

我们在黄昏点灯,对坐,直至山花燃出你的形体
你才从一种虚构的沉默中解脱,像是雪

从雪上融落,但是更轻。
你说:为蓬草饯行是必要的,一如为凤仙花
哀悼的必要,但我们必先为自己体内
每一层旋转的心事——作别

夜中,你把杯盏举得很满,如弓如弦
如雨将落,你说你将借春天的爱情下酒
用八月的落潮痛哭,并且
这一夜不同于以往,我们站立,却并不言语
如两架白色琴体,因风吹奏某些寂寞的关节
我知道:月光是我们悲哀的声音

每一天你都在梦中拔高一尺,在远方
你就等于某种呼唤的比喻。酒后,或许因为潮水
你的塔檐愈加寒冷,而我们又将走向冻鸦的噤默
于雪中重新回归于雪,毕竟生活
是一个巨大的哑谜。此去一别
我会给你写一封长长长长的信,告诉你:

我们是秋树落下的一个词语
我们的身体同样瘦如马骨
我们都爱上了一个女人

张勇敢

本名张浩,1994年生,福建闽西人。厦门大学2018级硕士研究生。参加《星星》大学生诗歌夏令营。

张勇敢的诗

父亲

大多数情况下,他的身体用来堆砌,血汗可饮
于是有了大马路,有了商品房
上九天,下五洋,祖国变得无所不能

他怜惜白天和白馒头,害怕商品琳琅的街道
灰头土脸,在城市里小心翼翼地活着
他幻想过狮子,尽管他从未见过
也幻想过西装革履,好比每天来视察的大老板那副模样

有天夜里,男人们烂醉如泥
在大街上撒尿、喧闹,被警察追赶
他落荒而逃,哭着说想家

那一夜,所有严肃的词都一睡不醒
他坐在灯下提笔,给遥远的妻子讲述一场梦:

"她高兴极了,大老远就开始朝我挥手
我看见她身后透出光

那光,我曾在你和母亲身上看见过"

而她,早已在一次车祸中丧生

高地十行——给梦蝶周公

来信问我风雪的,便于立春时站在高地
一年之始,往词语缝合处藏身

站在高地,望千里远如同想千年后
山和你都在虚无飘渺间

不如就此坐下,提笔。若回之以山河
必问云起何处、往何处、灭于何处

回其花草、回虫兽,就打着月色,摘星
回人间冷暖,便提灯夜行,也登高楼

站在高地,想你行至山雾起
轻轻一笔、一点、一滴、一分行

大梅沙制作指南

先完成的,是岛
岛的制作工艺较为简单
把我们建造城市多出来的砖头

堆起来，就行

然后，是海，海做起来
就比较复杂了
你得准备几卡车的礁石、细沙
一座森林所拥有的全部木头
做成的船只、同等量的蓝和盐

在夏天，你还必须早起
加入泳裤、防晒霜
以及吃人的和不吃人的鱼
如此，大梅沙便完成了

在祖国南部
当公交车驶近大梅沙
无数建筑工，在我眼中
搬动着深圳

为你读诗的时候，我身体轻盈

七月
闭门不出，谈情说爱
你坐在我身体的左侧，此时
月亮的大部分正由木槿花瓣组成
遥远的亲人走在月光下
相互思念，默不作声
此时，孩子们手握星星

在大地上驱马

七月，一场雨预谋已久
仔细地打在月光下
离家的人在今天会大口喝酒
粮食，会疯长

为你读诗的时候，我身体轻盈
一朵云，悄悄开出另一朵

对鼓浪屿的近距离观察

秋，一只温度偏高的虎
在祖国南部被流放
岛是它暂时的王国
它的低吼频频轧过我的耳膜

一年之中，唯有此时的海滩才能拥有
最柔软的沙子，供它行走
我们在最高处围观、夜饮
说一些适宜的话
你酒杯中的海岸线悄然蔓延

秋天，在鼓浪屿
一些远的风吹着一些近的风
大片礁石在海风中交出了
自己柔软的部分

十二月的黄昏短章

这是世界上的,第四个黄昏
前三个已从神坛退下,变成了

春天、夏天和秋天
这是人类历史上仅剩的一个

坐在海边,看一场谢幕表演
黄昏与我,成为彼此最忠实的观众

风偶尔吹一吹,云偶尔走下松木梯子
来到人间

十二月了,在海风均匀的吹拂中
万物开始染上冰冷的秩序

赵浩

1995年生，河南洛阳人。就读于河南工业大学。作品散见于《中国诗歌》《中国汉诗》等。获首届元象诗歌奖、第35届全国大学生樱花诗赛奖、四月诗会·第二届全国大学生诗歌节二等奖等奖项。

赵浩的诗

蝴蝶飞行器

雾霾散开的时候,我们绕着莲湖散步,像水果刀旋转着。并进入一颗梨的内部。我忘记了,你向我炫耀过的两只虎牙。或者我当时在提防你舌头上高温的修辞。远处的钟楼,就是这样被化掉的。

时间犹如一条松散的金鱼,只在水面露出抛光的脊背,禁止垂钓的警示牌被晒得有些旧了。我什么时候才能像你一样,凭借一兆赫的想象驾驶树叶发动机,轰鸣声如一群散开的浮游生物。

我命令自己按照你的方式去爱。比如,在阴雨天,用肥胖的神经末梢
筛选不规则、不扩散的花粉。

庄子

化蝶那晚,后背奇痒。你挠出樱桃汁液和
一些不押韵的甜,飞行好比
在袖口豢养一群北风
你这个高傲小吏,逐渐沉迷养蚕
你善于从它们啃食夜晚的嘴里取出
润物细雨。这近乎滚烫的错觉,使整个
院子安静下来。当然,鸟鸣不可省略。
"我的翅膀呵,我的轻……"
隔着稀薄的牖,远离让你漫无目的地衰老,
接近于一种幸运
你常常觉得
自由,是漆园里的一小块青苔

黄昏辞

晚风把云吹成一团松垮的野兽落入
莲湖,听见水面上细碎的金银。几条鱼补
充进我的沉默,沿着柳梢向上攀爬。

追赶是少数派的游戏,你说今晚的月牙会
不会像一把舒展的弓?我们各怀城府。
相遇,不过是无处藏身

K131

又一次离开郑州,送行的雨
简练、迅猛。三年来,
我的身体,只留下
两个地理名词的
相互磨损。新安,瘦成了
地图上的一粒光斑。我告诉朋友
昨晚我梦到一处流动的森林,
我没有抓紧它
回忆就喜剧性地朝我倾斜
我像一小块安静燃烧的封闭陆地
我渴望被某个人从外部打开
然后,将乌云远远地甩在身后
玉米地和山丘狡猾地隐退,陷入
落日的素描
"没有人能在狭小的善意里漫不经心"
请及时交给我
造雪工具和早起的秘诀。
在这之前,
火车很晚才抵达洛阳
月亮很薄
我看不见我自己

虎丘往事

他就站在两幢楼衔接的地方,斜上方的广告牌
的确是一个指令。他要为即将的大雨空出一只耳朵。

那是后来的事情。他逐渐摆脱的锁骨凹陷,变成了
两块精致的盆地。他说他愿意骑单车,
到三公里以外的郊区陪她吃一碗馄饨。

他突然觉得这可能是一个预兆。不过他还是
从口袋里抽出一支口香糖。他希望可以咀嚼出一个
灵感,如果真是那样,就和上次的电梯超重事件不谋而合。

"你相信么?几乎是同时的,我们虚构了对方的角色。"
三十分钟之前,她发现星云已经被彻底蒸发干净。

出于一种试探性的考虑,两截孤立的小腿
冒犯了他。最后,她决定就此离开。

再过几个小时,他会在逆流的人群中
长出背鳍,所有人的目光会逼退他发起最后冲锋的眼泪

大雪

路过莲湖,左右皆人影

月亮昏黄,芦苇无声,鱼群趁着夜色,收割了我的头颅

写信的人提到梅花,昨夜西风,鸟鸣坠了一地,而后是大雪
一片一片的雪相互撞击,加速了
还未命名的静

零一年深冬,百家灯火掩于群山。落日、炊烟和我,都是
母亲的一部分

潜伏

他对失眠这个词作出标记,夜晚
像沉重的下划线。
他回想起合欢和大成殿。一四年六月,
他和同学冒着花香拜孔夫子。那年高考他
名落孙山,而后和三年的同学断绝联系。

他点燃一支香烟,试图快速摆脱
一个闪念的袭击。认真但并非拼命
嘬上一口,烟雾宛如一个音标的浊辅音
在口腔里反弹。他抖了抖
一本瘫软的单词书,打起了精神

山月

　　本名彭阳，1992年生于江西萍乡。江西省作家协会会员。获2015年《诗歌周刊》年度诗人称号。

山月的诗

故乡在飞

我黑色的乡亲在矿井里掏煤
一车接着一车的煤灰
从井口运送出来

我黑色的村庄道路崎岖
所以我必须学会在狭长的路上回避
摇晃的卡车

那些载满故土的卡车总是向我迎面撞来
要习惯,一片故土摔下来变成泥巴
一片雨飘下来变成泥泞

我黑色的乡亲在泥泞中多么幸福
他们爱故乡啊,搬运故乡,燃烧故乡

我有供于烧灼的故乡多么高兴
那洋洋洒洒的烟灰
使我不得不成为一个风尘仆仆的人

玻璃

那个搬运着玻璃的男人
像是费劲地
抬着一整块空气在走动
看似透明轻飘的事物
在他的怀里变得沉甸甸的
他小心地躲闪着人群
手臂上每块肌肉如山丘般隆起
步伐慢,而稳重
一个出门在外需要养家糊口的男人
在人群中
就为了不破碎

养育

母亲在生养我十三年后
又生养了几粒子宫肌瘤
这些圆滚滚的东西
母亲经常提到
她说,医生把它们
盛放在弯盘里
像一些珠子
要是把它们埋在土壤里
就会结出我的同母兄弟

我在千里之外
他们就站在后山的斜坡上
扶着我的母亲

灵魂的事

如果人有灵魂
我决定把灵魂生下来

我是这灵魂的母亲
真有意思
我生下他并不痛苦
我给他穿天蓝色的小棉袄
指着窗外的天空
说,雨马上便落下

我的灵魂小而脆弱
要在我的安慰中睡眠

一个寂静的夜晚
我将我的灵魂生下来
脱离灵魂的我
面对人间
有了母亲的仁慈

古寺

废弃的庙宇,菩萨孤身一人
院子里满是野草
寺庙的红漆木门因门轴松动
歪斜着
我上一次入寺时是十年之前
香火旺盛,人声鼎沸
菩萨被满载信仰的人簇拥着
我这一次前来
想告诉菩萨我曾经许过的愿
都没有实现
而只有这次,我见到了
菩萨枯坐在大堂的阴影中
供桌上有老鼠蹿上蹿下
菩萨的眼前有层层叠叠的蛛网
面对不清不楚的人间
菩萨正坐在众生平等中
慈眉善目地老去

水鬼

河流足够偏僻
或许我们能钓上来一条水鬼
我希望她是一条鬼姑娘

长发,消瘦
吃水藻,饮甘露
以山川怪石的倒影为生
我知道,一定有一条水鬼
作为我人生一遭的隐秘对应物
要是她碰巧吃住了我的鱼钩
我要将我的恐惧归还给她
我要告诉她
如今的我依旧怯水
不懂如何在人潮中安定下来

黑山羊

去探访了一次被拆毁的故居,在山脚下
原本是稻田的地方,上面搁着枯木
原本埋了红薯的地方,我赤手空拳地,埋头挖
我保持着二十几年前偷挖红薯的兴奋和谨慎
泥巴已经藏进了指甲缝间,汗水流淌
我四周张望着,想要见到挑粪的阿叔
一步一晃地走来
我期待事情再败露一次,一次就好
而当我回身时,我撞见了成群的黑山羊
领先的头羊,脖子上挂着一只暗淡的铜铃
它们温和地"咩咩"了几句
——就算打过招呼了
它们撇过头,向一旁的通往深山的小路离开

树贤

本名冯树贤,1992年生,甘肃白银人。著有诗集《逃上一棵树》《白银之歌》。获第六届黄河文学奖诗歌青年奖。

树贤的诗

冬日华山随想

远处有雾,柴木消隐其中
冬日含糊其辞地说着冷清
或许,这其中还有野兔饱满的粪便
有想要翻越山巅的鸟儿

冷清如此:青就要深一点
坚硬裹住石头
红,也要亮一些
祈祷。你舒了舒眉

嘴唇微启。峭壁上的松
招一招手,往前迈
梦,有一双冰制的翅膀

这一刹,也在我的梦中出现
我欣喜地飞起,又开始坠落
我惊起,用双手按住生长的心跳

风,突然断了

我时常梦见与父亲一起牧羊

我时常梦见与父亲一起牧羊
斜风拉扯着他的大衣,他一手
抱着胀痛的胃,一手掷石块
表情僵硬,却泄漏着他的暗淡
细雨中我站立在空旷的草滩
我的亲兄弟还是童年时候的模样
在阵阵雾气里沉默不语

云朵暗黑,我们踏开了一座迷宫
成群的生灵,匍匐、舞蹈、飞翔
这多少年来一直压在我心头的沉思
我一个个辨认着他们的脸庞
强烈地感知生命
他们多么幸运,不发一语,他们
早已成为失忆的艺术品
只许我文字记录
我当然猜不透他们漠然的眼神

就这样,我在梦里往回奔跑
碰烂了一堵潮湿的土墙
我被空气推搡,左右摇摆,向后退去
地面上发出了鞋底摩擦滑行的声音
不远处,我触手不及的正是我的家啊

我看见屋檐的雨水滴滴答答，
铁锨上拴着的牲口徒然嚼着镳子

虚无

冷与热，痛与暖，仿佛人们囚禁了措辞
陶醉者深迷其中不可自拔
放逐者不可避免地捡起了抒情
时间依旧缓慢流动

我平躺在这所简陋的房子里
一呼一吸都显得微不足道
我回忆起这些年来做过的那些不值一提的事情
看似残酷努力、毫无顾忌
然则乃自我荒诞意识的维持

我一遍遍数落尘埃舞蹈时隐藏在其中的秘密
这世界顿然生出一副事不关我的模样
倒也轻松
——夜里的晚风是身外之物的想象
鹦鹉在脑海里不断鸣叫、呼喊
声音逐渐变得透明
它的羽毛纷纷落在了我的身上

石阶在沉睡

冬天来了,石阶在沉睡
你的两个脚印就像是两片羽毛
回旋上升
陡峭与险峻在石阶的背叛下
不断逼近命运里的艰难

石阶在这里打盹,冬日里
鸟儿开始厌倦飞翔
行人稀少,历史上的盗贼
也不再绰起铁锹堵路抢财了
太平盛世:他们匆匆离去

但铁链依然困在这里
一声不吭
像极了冉·阿让的那些伙伴们
来人时,它们被重新攥住
极不情愿地晃动胳膊

我暂时还无法企及的天体

硬币摇摇晃晃跌倒在桌前
那一瞬
似乎戈壁上的一个汉子坍塌

我用伟人般的食指触摸
孤独就此凸起
他给我一股慷慨的坚硬
他是我的兄弟啊
我们平行掠过人间

那是一个冬天，大雪封山，光
无可厚非地完成了我们的想象
弥漫在黑夜白天，裤腿上
绑着悲哀的步伐，东倒西歪
这春天是否会有条不紊地前来
我们如何打破梦境的僵局，醒在凌晨三点一刻
当我回到寒舍（当然谈不上时隔多年）
嘴里嘟囔着俗语，打着哈欠
读一本当代名家诗作
我桌前这枚硬币的滚动、摇晃、跌倒
逐渐使我思考变白

夜里无限的寂静冻结了时间的流逝
我想要修改的存在
我暂时还无法企及的天体

张彩霞

1981年生,福建周宁人。宁德市作家协会会员。作品散见于《绿风》《星星》《安徽文学》《新丝路》等。

张彩霞的诗

爱无疆

有一条蜿蜒的鲤鱼溪
蒲公英一样飘荡在闽东的云端上
溪流里有万条锦缎似的鲤鱼
在八百年的光阴里悠荡
一定都是从佛案上游过来的木鱼
不然鲤鱼与人嬉戏时溅起的水花
怎么那么像木鱼的敲击之声?

我想溪底一定有一万座古寺
高僧翻动着一卷卷佛经
木鱼声声,木鱼深深
唤醒溪畔的村民和游客的善心
才有了世界唯一的鱼冢、鱼葬、鱼祭文

人们在与鱼同乐中豁然开悟
花草树木也放下戒备
国画似的倒映在温柔的水面上
一条神奇的鲤鱼溪

唤醒天地万物归心一处

满树梨花开

在香气氤氲的书房里
透明的玻璃杯盛开春天
满树梨花白了
我的手焐热夜晚的孤寂

每思念你一次
这一颗凡尘的心再次沸腾
就仿佛到仙界游历一次
这长长的一生
因为你是我的满树梨花开
我居然把家安在了仙宫

任时光的脚步慢慢走远
两鬓被光阴漂染成银灰色
把一壶与世无争的绿茶
泼撒在横流的沧海上

并蒂莲——致哈文

烟波江上沉浮之间
寻找一线天
踩着悬崖的梯子

去解冻冰封的银河

骑着风的白马
在凋零的梨花雨中驰骋
只要能传送暗香
天涯何处不是盛放的枝头
哪怕到污泥沟渠沼泽

我的爱只要有思念
就是相依相偎的同根藕
哪怕死别
我们也是同枝而开的并蒂莲

在心的原野种一片朱砂梅

在心的原野种一片朱砂梅
等到怒放的时刻
我把鲜花一瓣一瓣
慎重地剥下来
把最美的花瓣镶嵌进画框

我要打碎春天的陶罐
把春色和花瓣一起研磨
去涂抹江山
我把这爱的祭坛深埋进黄土里
和地心一起跳动

千年以后
在陈列馆里看到
她仍是当初最圣洁的模样
还像阳光折射在水晶上

彼岸花的岸

多么希望你是铁血将军
跨着我这匹栗色的汗血宝马
一起驰骋孤烟无垠的沙场
生死与共

然而　我却是一朵忧伤的彼岸花
花与叶生生相错　是我凉薄的命运
纵使思念是千山万壑的松风
也不忍惊扰你的十里芦苇帐
还是让黑土掩埋白额雁的悲鸣

彼岸花的岸在哪呢
此生已无处寻觅　双手合十
祈求佛祖把我化成座前的一根灯芯
修行千载万世之后
让我遇见你时花开正当时